Botho Strauß

Das Schattengetuschel

Hanser

1. Auflage 2024

ISBN 978-3-446-28119-6

Umschlag: Peter-Andreas Hassiepen, München
Satz: Greiner & Reichel, Köln
Druck und Bindung: GGP Media GmbH, Pößneck
Printed in Germany

FSC
www.fsc.org
MIX
Papier | Fördert gute Waldnutzung
FSC® C014496

Das
Schattengetuschel

In Strindbergs ›Einsam‹, dem letzten Teil seiner Lebensgeschichte, erzählt das Hausmädchen dem vom Stadtgang heimkehrenden Dichter vom überraschenden Besuch seines Sohns. Er war da, er hat vorgesprochen, während der Vater aus war, um Menschen flanieren zu sehen! Er ist also in der Stadt, dieser Fünfundzwanzigjährige, aus Amerika zurück; wohin er von seiner Mutter als Junge im Alter von neun Jahren entführt wurde. Irgendwo draußen in der Welt hat er seine Stellung gehalten: der Sohn zu sein. Der Vater malt sich aus, wie er ihm gleich gegenüberstehen wird. Kann es nicht abwarten, läuft wieder auf die Straße hinaus. Geht einem Jüngling entgegen, kein Zweifel, er ist es, der Sohn, und schon erkennen sie einander; der Vater aber erblickt einen jungen Mann in schäbiger Verkommenheit. Die beiden gehen aneinander vorüber. Er war es nicht.

Jetzt erst erleidet der Vater alle Marterqualen der Erwartung. Hat etwa die Dienstfrau ihn falsch verstanden, als er seinen Besuch ankündigte? Oder ist sie gar die Vertraute des Dämons, der das Verhältnis zwischen Vater und Sohn von jeher verwirrt?

Schließlich bringt das Hausmädchen die Visitenkarte des Besuchers – doch ist es nur der Brudersohn, der Neffe, der ihm seine Aufwartung machen möchte! So bleibt der Dichter unbesucht zurück, einsam, und tut die Vision des heimkehrenden Sohns zu den übrigen kostbaren Täuschungen seines Lebens.

Wieviel Täuschung! Täuschung vor allem anderen. Vor all den anderen leeren Effekten des Daseins.

*

Auch ich erwartete den Sohn, der den Weg zu seinem Vater so lange nicht gefunden hatte. Seit bald drei Jahren war er, ein junger Architekt, in einem Züricher Planungsbüro angestellt und in dieser Funktion auf der ganzen Welt unterwegs. Da blieb für Gut Zichow, für das Haus und den Garten seiner Kindheit, kein Platz im Kalender, aber doch wohl immer in seinem Herzen.

Und trotzdem hatte er nun überraschend seinen Besuch angekündigt, da er zu einer Besprechung nach Berlin mußte und sich für einen Abstecher zu seinem Vater unbedingt die nötige Zeit nehmen wollte. Ankunft Sonntag mittag; ich bereitete das Haus, im besonderen sein altes Kinderzimmer, und ein Mittagessen mit mehreren Gängen. Es war auch geplant, daß er über Nacht bliebe, um Montag früh mit dem Mietwagen zurück nach Berlin zu fahren. Nur ein Kurzbesuch, ja, eine Stippvisite. Damit mußte ich zufrieden sein. Sein Beruf – sicher auch sein persönlicher Ehrgeiz – ließ ihm wenig Zeit zum Ausruhen und für private Termine, er hatte ja selbst noch keine Familie. Ihm lag daran, in seiner *corporation* geschätzt und entsprechend mit verantwortungsvollen Aufgaben betraut zu werden.

Also wurde es Sonntag, die Stunden standen still, und ich betrat den quälenden Zeitraum der Erwartung, wenn die Minuten sich hinschleppen und nie eine Stunde füllen wollen.

Sonntag vormittag, zehn Uhr zwanzig. Er müßte sich langsam auf den Weg machen.

Elf Uhr sieben. Warum gibt er kein Zeichen, daß er unterwegs ist? Ich kann ihn nicht erreichen. Sein Handy ist aus.

Mittag. Jonas meldet sich nicht. Ich sitze schon bei Tisch. Warum hat er das Handy ausgestellt?

Dreizehn Uhr fünfunddreißig. Er hat unsere Verabredung vergessen! Er sitzt mit wichtigen Leuten zusammen und hat sein Handy ausgestellt.

Und wieder das Warten.

Welche Freude, ihm zu zeigen den neu gepflanzten Purpurahorn, schon bald drei Meter hoch, die Birkenreihe hinter dem Kornspeicher. Und was aus dem Ginkgo wurde, den wir zusammen in die Erde brachten. Und extra für ihn habe ich neu pflastern lassen den Brunnenplatz, wo wir einander gegenübersaßen und lange schwiegen, bevor er den Ort verließ, um nach Zürich zu ziehen.

Jedenfalls kam die letzte Ankündigung seines Besuchs gegen siebzehn Uhr. Das war schon spät, viel Zeit wäre uns ohnehin nicht geblieben. Dann seine SMS eine Stunde später: Ich schaff es nicht mehr, lieber Papa. Ich muß morgen früh überraschend nach Amsterdam. Aber das nächste Mal bestimmt! Nehme mir dann mehr Zeit für Berlin und für dich. Dein dich ewig liebender Sohn.

Wenigstens war das unerträgliche Warten nun vorüber. Kein Sohn würde erscheinen.

Die Einsamkeit hatte einen neuen Höhepunkt erreicht.

Im Zimmer auf und ab gehen, von neun Uhr abends bis zehn. Die Stunde will nicht vergehen, der Zeiger der Wanduhr teilt sie in lauter angehaltene Sekunden. Dann aber doch: zehn! Die Kleider ablegen, die üblichen Waschungen vornehmen, zu Bett gehen und im Meditationsbüchlein lesen. Kurz vor dem Einschlafen noch der schwerste aller Menschenseufzer: »Und ich hatte mich so auf dich gefreut!«

Als wir, der Junge und ich, einst am kleinen Fluß der Nive, französisches Basken-Land, eine Jause nahmen, er, immer mit der Angst vor Schlangen, stieg trotzdem in den Fluß, über uns zwei Adler, die ihre Kreise zogen, ohne eine Schwinge zu rühren, sie sahen uns am schattigen Ufer. Gewiß erblickten sie aus dieser Höhe einen größeren Zeitraum von uns beiden als nur unsere kurze Rast.

»An einem Tisch sitzen und einander ansehen, solange das Leben währt.«

Mit diesem Satz – klingt er nicht wie ein Selbstzitat aus dem ›Traumspiel‹? – schließt Strindberg die Studie des gütig gewordenen, ach, des mürbe gemachten »Einsamen«.

Laertes, Vater des Odysseus, so heißt es in ›De Senectute‹ von Cicero, bearbeitete und düngte seine Äcker, um die Sehnsucht nach dem Sohn zu lindern.

So versuch ich's, bearbeite einstweilen den Acker meiner Schriften; verführt, es gut zu sagen, zu seiner Überraschung etwas Unerwartetes hervorzubringen, damit er lacht! So hell und prompt lachte der Sohn über meine schlaksigen *aparts*. Ihn lachen machen wird der letzte Fang einer Zustimmung sein.

»Seht ihr nun, daß das Leben ein Schlaf ist und das Alter sein Erwachen?«

Strindberg, ›Notizen eines Zweiflers‹

I

Um uns im Raum
ein ruhloses Flüstern, als käm es
von tuschelnden Schatten.

Jemand ruft: Vorhang auf! Reißt den Lappen hoch!

Der Vorhang geht auf. Man sieht Menschen beim Leben erwischt. Sie erstarren und stehen steif auf der Stelle. Einer Frau wird die Perücke vom Kopf gerissen – an einem unsichtbaren Faden steigt sie hinauf in die Himmel-Soffitten.

Und alle, die da unten etwas suchen, auf dem Parkett oder dem Teppich, die sich bücken und im Halbdunkel den Boden abtasten, die Matten und Läufer, vorerst drei Männer und zwei Frauen, fünf zu gleicher Zeit, ohne gemeinsam etwas verloren zu haben, in einem Raum kurz vor dem Audienzsaal, während dieser langwierigen und ermüdenden Führung durch ein Schloß in Lothringen, wo sie zurückblieben und anfingen zu suchen, um schließlich sich langsam vom Boden zu erheben und Borten und Paneele, Tapeten und Gobelins zu betasten ... Schluß war es mit dem Bücken und Knien. Sie waren vom Tastsinn überwältigt worden. Was immer ihnen jetzt bevor- oder im Weg stand, nur mit dem lesenden Tasten eines Blinden würden sie's erkennen.

*

In einem Café in Neuruppin, 1991, in einem düsteren Gastraum, hinter einer nikotinvergilbten Gardine, sitzt ein Mann aus einer früheren Zeit, eine Gestalt, wie von Gogol oder Ibsen entworfen, und schreibt mit Eifer in ein kleines Buch, versucht der unverständlichen Szenerie, des wirren Epochenverschnitts, der sich draußen auf der Straße zeigt, wo auf dem Pferdefuhrwerk ein Navi montiert ist, durch einen ebenso besessenen wie akribischen Beschreibungsakt Herr zu werden. Wenn er es schon nicht mehr versteht, so sucht er es durch lückenlose Beschreibung zu bannen.

*

Langsamer werden die alten Offenheiten jetzt gesagt, die man vor Zeiten schon einmal rasend schnell hervorstieß. Oder die man ein andermal, zweihundert Jahre später, sich gegenseitig soufflieren mußte, denn da waren sie allgemein verpönt. Oder die man, wiederum ein Äon darauf, geradezu gen Himmel ausrief – ohne genau zu wissen, was man eigentlich auf dem Herzen hatte. Nun wandern die alten Offenheiten erneut Wort für Wort durch die noch unsicheren Kehlen.

*

Es war auf einem Bahnhof in Amerika. Ein Mann fiel, ehe er aussteigen konnte, vornüber aus dem Zug. Ich ging zu ihm und hob ihn vom Boden. Er war nicht schwer, doch waren seine Knochen so weich, daß er sich nicht aufrecht halten konnte. Dann wieder härteten und versteiften sie sich, so daß der Mann ein paar Schritte gehen konnte. Doch kaum besaß er Statur und aufrechten Gang, da verlor er sie auch schon wieder und erweichte am ganzen Gestell, worauf ich ihn unterfangen und schleppen mußte. Seine Augen blieben geschlossen, er sagte nichts oder konnte nicht mehr sprechen. Ich rief über den Perron: I need professional help. Professional help, please! Doch niemand reagierte, und ich bugsierte die Riesen-Molluske von Mann, die sich nur zeitweise erhärtete, wie eine leblose Schaufensterpuppe vor meinem Bauch über den Bahnsteig.

*

Der Mann, der eine junge Forstbeamtin bat, ihm beim Ausfüllen eines komplizierten Fragebogens behilflich zu sein, wollte von der Behörde ein mittelgroßes Stück vertrockneten Fichtenwalds erwerben, um dort Neuanpflanzungen vorzunehmen. Er sagte, im Prinzip verstehe er schon, welche Auskunft man von ihm wünsche. Doch wenn man ihn so frage wie auf dem Fragebogen, dann wisse er einfach die richtige Antwort nicht.

»Wenn man mich so fragt, bin ich wie vor den Kopf gestoßen und kann keine passende Antwort geben. Am besten gehen wir so vor, daß ich die Frage aus Ihrem Mund noch einmal höre. Oder noch besser: Sie stellen mir die Frage mit Ihren eigenen Worten, damit ich nicht mehr so unsicher werde.«

Der Fragebogen umfaßte zwölf Seiten mit vielen enggedruckten Anmerkungen und Antwortbeispielen.

Bis sie den Bogen ausgefüllt und alles beantwortet hätten, würde zwischen ihm und dieser Hilfsbereiten etwas heraufziehen, das sich, wie ihm schien, bereits nach der dritten Fragestellung bei ihr mit einer leichten Unruhe von Hüfte und Gesäß ankündigte. Allerdings hätte es ebensogut eine Reaktion der Ungeduld sein können angesichts des bürokratischen Frageschwulstes. Er ärgerte sich über die Unsicherheit seiner

Einschätzung. Jeder andere hätte ein solches Gesäß-Ruckeln unmittelbar zu seinen Gunsten ausgelegt.

*

Im Rückblick auf diesen einen, das ganze Leben verbessernden Tag (*time bettering day* heißt es in Shakespeares 82. Sonett) war ich ein gutaussehender, gutgekleideter Mann mittleren Alters, der auf seinen Zug nach Paris wartete und dabei in einem riesigen Wintergarten von Bahnhof zum Perronläufer wurde, wie mein Vater einer war.

Ich kaufte Obst und Zeitungen und erfreute mich an den heiteren Umständen des Wartens: Menschen sehen war mir ein Vergnügen, beinah ein Laster.

Plötzlich merkte ich, daß mir meine Reisetasche fehlte, in der sich alle meine Zahlungsmittel und Papiere befanden. Ich ging meine Wege ab – und suchte. Vielleicht war ich aufgrund meiner unbeschwerten Stimmung nachlässig geworden. Zusehends geriet ich in Unruhe, mein Zug stand schon abfahrbereit, ich wurde in Paris erwartet. In äußerster Bedrängnis hielt ich eine junge Zugbegleiterin an, ich hängte mich an ihren Arm und fragte verwirrt, wie mir denn bloß zu helfen sei? Der einzig richtige Weg führe ins »Eigentumsbüro«, antwortete sie. In diesem Moment wußte ich, daß ich mir meinen Zug, der gewissermaßen mit der Fahrkarte nach Paris auch schon zu meinem »Eigentum« gehört hatte, aus dem Kopf schlagen mußte.

»Warum trägst du deine Papiere nicht auf dem Leib, wo sie hingehören?« fragte die Zugbegleiterin. Ihr Ton war tadelnd und unwirsch, wie sonst nur eine langjährige »Begleiterin« zu einem spricht, wenn man wieder einmal einen plumpen Fehler gemacht hat. Und sie duzte mich, ohne mich anzusehen!

Es bestand kein Zweifel, daß wir mit Anschlag dieses Tons einen Zeitraum betraten, den wir noch lange Arm in Arm durchschreiten sollten, ohne daß ich meine Tasche mit dem vielen Geld und der kleinen Identität jemals wiedergefunden hätte.

*

Wie seine Augendeckel flattern! Sobald er den Mund aufmacht, spricht er mit bebenden Lidern. Um seinen Worten Nachdruck zu verleihen? Jedenfalls nicht, um sie zu genießen. Was soll es bedeuten? Er sieht den anderen nicht an, wenn er mit ihm spricht. Gleichzeitig bittet er mit Nachdruck in der Stimme, daß man auf seine Worte achte. Sein offenes Auge könnte von seinen Worten ablenken. Manchmal zieht er sogar zweifelnd oder indigniert die Brauen hoch bei geschlossenen Augen. Er *kann* jemanden anblicken. Er vermeidet's aber. Er kennt seinen Blick und dessen trügerische Wirkung. Sein Blick ist rund und gutmütig. Er raubt seinen Worten das Gewicht, er bricht ihnen die Spitze. Er schwächt das Apodiktische, das seinen Worten nicht fehlen darf:

»Es gibt bei uns eigentlich nur Morde, die keine Vergeltung nach sich ziehen. Wir morden in der eisigen Isolation unseres Auftrags oder unseres Bedürfnisses zu morden. Die Morde verlieren sich in der moralischen Leere der akkuraten Rechtsprechung. Der gewissenhafte Mörder aber sagt: Ich habe nicht gemordet, um verurteilt zu werden. Ich habe gemordet, um die Furcht zu ertragen, selbst ermordet zu werden. Um unter Vergeltungsfurcht meine Sinne, meinen Verstand, meinen Überlebenswillen zu schärfen. Die übliche Haftstrafe enthebt mich jeder Ertüchtigung meiner selbst …

Welcher Verbrecher würde sich je im *wörtlichen* Sinn der Anklage schuldig bekennen? Würde etwa sagen: Ja, genauso ist es gewesen, wie Sie es vorgetragen haben, Herr Vorsitzender, Ihr Urteil erfaßt mein Vergehen vollumfänglich, ich hätte es nicht besser gestehen können, als Sie es vorgebracht haben. Immer wird er zumindest sagen: Ja. Aber. Oder: ich habe gemordet, aber ich nenne es nicht so. Gewiß ist der Angeklagte mitunter der Wahrheit näher, wenn er die Tat im Sinne der Anklage leugnet. Die Tat, vor Gericht bekannt, eingekreist, zu Gehör gebracht, in etlichen Aspekten zur Schau geboten, stellt zuletzt etwas übertrieben Isoliertes dar, herausgerissen aus langen, vielfach verflochtenen Vorgängen, in deren Verfolg sie, die Tat, irgendwann mit letzter Eigentümlichkeit, wie von selbst geschah. Vom Täter beinahe eher zugelassen als absichtlich ausgeführt.

Die strafbare Handlung beginnt, sobald ein von Mord besessener Gedanke die je nach Individuum unterschiedlich zu bemessende Dauer des Sich-Umwälzens überschritten hat und von nun an unaufhaltbar aus dem Kopf heraus zu den handelnden Organen strebt, zum Beispiel den Händen, die erdrosseln.

*

Selten trifft man in Europa Menschen, die nicht schreien können.

Hier haben wir gleich zwei von ihnen, Franziska und ihre Tochter Antonia. Jeder weiß, daß die Mutter die Tochter häufig schilt. Um ein derbes Anschreien ringend, schimpft sie jedoch nur mit gehemmten Lauten und stößt mehrmals ein gedämpftes, schalloses Oah! Oah! hervor. Während die Gescholtene den ganzen Körper spannt und sogar mit den Händen an ihrer Kehle drückt, in der Hoffnung, den großen, den maßlosen Abwehr-Schrei herauszubringen. Doch es kommt nur ein verhaltenes Himmern, etwas wie ein weit entferntes Pferdewiehern. Sobald die beiden außer sich sind, wird ihre menschliche Stimme wie von fernen Reglern auf den Umfang von harmlosen Tierlauten verringert. Das Mädchen wagt niemanden zu grüßen. Die Ahnung, daß alle von ihrem Schreiversagen wissen, beugt sie, und sie blickt zu Boden.

*

Erscheinen und Von- der-Bildfläche-verschwunden-Sein wiegen dasselbe. Erst wenn von dem Wort »zart« eine vielfache Verfeinerung entstünde, käme man dem Maß für den Schein einerseits, für Nicht-da und Leere andererseits näher. Von dort, in einer nanometrischen Dimension der Zartheit, stieße man vor bis zum realen Gewicht eines Gedankens.

*

Eines Tages fand er seinen Abseitsort. Friedliches städtisches Viertel. Von breitem alten Kopfsteinpflaster umgeben ein Platz mit einem kleinen Rosenhag und einer Laube. Von dort führte eine Straße in die gehobene Wohngegend, locus Eleate (!), Entschuldigung, locus elatus (erhaben) sollte es heißen, im Abseits manchmal nicht astrein zu unterscheiden. Jedenfalls sah er die schöne Kurve um den Platz, die hineinschwang in die »schattige« Straße, in der auch das dreistöckige Mehrfamilienhaus stand, Muthesius-Stil, sein vorerst letzter Rückzugsort in dieser Stadt. Wollte ihn jemand besuchen, so traf man sich in der kleinen Laube im Rosengarten, nicht in seiner Wohnung. Auch bei schlechtem Wetter bot die Laube genügend Schutz.

Nach einem halben Jahr des »erhabenen« bzw. *dem unveränderlichen Sein der Eleaten* gewidmeten Wohnens geschah ein Zwischenfall. Jemand hatte sein Auto beschädigt, die Scheiben waren besprüht, der Auspuff verbogen. Er hatte im Verdacht eine junge, stets wütende Mitbewohnerin, die ihm zuweilen im Treppenhaus begegnete und sicher mit ihm ins Gespräch gekommen wäre, wenn sie sich nicht jedesmal in heller Aufregung befunden hätte. Ihre Wohnung lag ein Stockwerk über der seinen, also lebte sie ebenfalls nicht weit von dem stillen und wohltuend ovalen Platz entfernt, der jedoch auf ihr reizbares Gemüt offenbar wenig Einfluß nahm.

Ihm war, als hätte sie im Hauseingang gelauert, wie er den Schaden an seinem Wagen aufnähme, ob mit Erschrecken oder nur verärgert. Sie sah, er klingelte beim Hausmeister im Nebengebäude, sicher um ihm mitzuteilen, was geschehen war. Ob er einen Verdacht habe. Statt auf ihn einzugehen, erregte sich der Mann über irgendwelche Bewohner des Hauses, die dauernd falsche Beschwerden bei ihm einreichten. Dann erging er sich in zusammenhanglosen Bezichtigungen, machte dabei immer einen Schritt auf den Geschädigten zu und dann rückwärts einen von ihm weg, als wäre er das Ziel eines nicht ganz entschlossenen Angriffs. Ob der Concierge auch Beschwerden der schönen Wütenden meinte oder nur die anderer Bewohner, blieb dabei ungewiß.

Wie auch immer, verärgert über das haltlose Gerede des Hausbesorgers, kehrte der Geschädigte sich ab und ging wieder zu seinem stillen Platz im Rosenhag.

Im Schutz der bequemen Laube sann er über die befremdliche Liebesbekundung, die mit der Beschädigung seines Wagens zusammenhing. Er malte sich aus, mit welchem Gefühl, mit welchem Kalkül er in Zukunft an der *Disziplinierung einer Liebenden* würde arbeiten müssen.

Einerseits ahnte er etwas von der Intelligenz der ewig Aufgebrachten und sie ließ ihn neugierig werden. Sie wäre womöglich in der Lage, ihm das Unglaubwürdigste wahrscheinlich zu machen. Andererseits glich bisher jede ihrer Annäherungen einem klaren Wasser, das glänzt, zittert und gleich aufzuwallen droht, weil es von Unterwassermolchen nur so wimmelt.

Sie war ihm bestimmt. Sie betrat die Laube und prüfte seine Lippen vorsichtig mit den Fingerspitzen, während ihr Mund aufs gröbste über jenen Hausmeister schimpfte. Sie blieb neugierig in der Annäherung wie eine, die ein Sich-Verlieben zwar für unvermeidlich, jedoch in puncto »Den-Kopf-Verlieren« noch für entwicklungsbedürftig hält.

*

Ihre Gewohnheit war es, beim geringsten, nur flüchtigen Lächeln bereits das ganze Gebiß zu entblößen. Ein Gebiß wie kein zweites, mit überzählig vielen kleinen Zähnen, statt zweiunddreißig bestimmt mehr als fünfzig. Der Anblick war ihrer Kontaktsuche und ihren geschäftlichen Interessen nicht in jedem Falle förderlich.

An einem Sonntagvormittag spottete sie laut vor Gästen über ihren so nahen Nachbarn, den Mann von nebenan. Stets vielseitig aktiv, stand sie mit einem Bein in diesem, mit dem anderen in jenem Geschehen. Gerade hatte sie hinter der Tür einen Haufen Leute empfangen, die sich für den Kauf einer ihrer Wohnungen bewarben, doch mitten im Handel war sie auf einen Sprung zum Nachbarn, in das Zimmer nebenan, gekommen, bloß, wie es schien, um dem Mann flugs mit dem Anblick ihres abnormen Gebrechs den üblichen Schock zu versetzen. Allein für ein schauerliches Lächeln war sie aus dem Nebenzimmer getreten, an das man immer grenzt, sein ganzes Leben fristet man ja in irgendeinem *Nebenan*. Existiert überhaupt nur irgendwo angrenzend. An irgendeines anderen Tür! Bis sie irgendwann plötzlich aufgestoßen wird. Mit genau diesem schicksalhaft jähen Türaufstoßen stand sie nun vor ihm, ein stumm haderndes oder auch nur forderndes Gegenüber, vielleicht in der Hoffnung, an ihrem Nebenan festzustellen, ob er von drüben etwas Ungünstiges über sich mitbekommen habe, Bemerkungen etwa, die ihr inzwischen wahrscheinlich leid taten und die sie gern mit einer zutunlichen Hand wettgemacht hätte. Aber da das Nebenan sich mit keiner Miene verriet, kehrte sie ebenso abrupt oder gar deutlich beleidigt zurück zu ihren sachlichen Angelegenheiten, riß die Tür zum Nebenzimmer auf, ohne ihr Nebenan mitzureißen, obwohl er ihr im Sog des Abgangs unwillkürlich ein paar Schritte folgte – vergebens! Die Tür wurde vor seiner Nase leise, aber fest geschlossen.

Das Neue aber, davon war er überzeugt, das heftige Aufstoßen der Tür, die ganze frontale Öffnung, würde die Ära der Heimlichkeiten, die bis jetzt hinter geschlossener oder nur um einen Spalt, nur als Spionier-Luke geöffneter Tür stattfanden, ein für allemal beenden. Und was dabei am höchsten zählte: Der Schwung der Türöffnung verpustete endgültig den Staub einer eingebildeten Affäre, welche die Überzähnige in Mienen und Gesten stets als vollzogen vorgespielt hatte.

*

Jemanden wie den Bergner könnte ein guter Freund umwerben mit allen Beteuerungen, zu denen Herz und Geist imstande sind, es würde ihn bei seinem Alpha-Mann, der ihn mißachtet und drangsaliert, erst recht Zuflucht suchen lassen. Die süchtige Abhängigkeit des moralisch Subalternen, des Gemüts-Vasallen muß jeden, der ihm gut will, zur Verzweiflung bringen. Man mag ihm noch so viel Zuneigung erweisen, er wird sie nie beachten. Hingegen zeigt er sich auf Schritt und Tritt dem Mana-Herrn erbötig, und der ihm Wohlwollende muß es ertragen, daß jede von dessen Schikanen ihn erhebt und einen Zuwachs an Selbstbewußtsein bewirkt.

*

Sie verteidigen die geliebte Frau im Straßenverkehr, wenn sie einen Blechschaden verursacht hat? Sie bestreiten vor dem aufgebrachten Unfallgegner ihre Schuld? Sie nehmen sie in Schutz und weisen den Rüpel in die Schranken?

Zuhause jedoch übernehmen Sie seine Vorwürfe und wenden sie gegen Ihre Schutzbefohlene? Ja, Sie identifizieren sich nicht wenig mit dem Fremden, Sie führen seinen Angriff weiter, vermehrt um die infame Waffe, die nur Ihnen bekannten Schwächen Ihrer Frau ins Spiel zu bringen!

*

Der Rausch hatte ihn immer schneller sprechen lassen und beflügelte sein Sitzenbleiben. Sein einziges Buch! Sein einziges Buch sollte es sein: running comment zum sitzenden Leben. Je unbewegter er saß und blieb, um so stärker der Überschwang von Ansätzen, Leitgedanken, richtunggebenden Erinnerungen, übermütigen Sprüchen aufs bessere Leben. Der Fabulierer fest in seiner Klause saß ... So ohne irgendetwas Konkretes! Welch ein Gehüpf von Nullen ist man doch! Innen hüpft es derart, als wollten sich alle Nullen gleichzeitig zum Klingen bringen wie tausend feinabgestimmte Silberglöcklein.

Zu vielem aus dem Weg gegangen! Zu viele Tatsachen verkannt. In den Nächten das Haberfeldtreiben, Kolonnen versäumter Menschen, die gute Belehrung hätten sein können. Das qualvolle Wunder der vermiedenen Welt. Erstickend die Gärten, die er nicht betrat, die Wälder, in denen er sich nie verirrte.

Figuren verstoßen. Die Erzählbaren. Der Botschafter, der Richter, der Sportpräsident.

Der Untergebene, der Ungeschickte, der Nachfolger, der Hochstapler. Die Trinkerin.

Alle, allez hopp, ab durch die Mitte, durch die weiße Tür, auf und davon, fort, fort.

Auch diese Ausgeburt, die eigentlich schön ist. Der Ungeschminkte, auch fort! mit ihm. Durch den weißen Saal werden die enttäuschenden Männer fortgejagt. Und durch den blauen die besserwisserischen Frauen.

Beinah in jedem Hinterhof-Fenster liegt ein unpassendes Paar! Der Verschwender und die Karmeliterin, die dicke Verlobte und ihre nekrophile Kusine, die Hure und ihr Vater, der Obdachlose und die Influencerin, der Brustschwimmer und das Serviermädchen. Fort mit ihnen! Nackte, Schiere, Bloße, die den korrupten Fabulierer gleichzeitig um eine Geschichte anbetteln, die sie kleiden möge!

Oder der »Glückwunsch«-Mann. »Sie sehen gut aus, Eric. Glückwunsch!« ... »Und jetzt biegen Sie bitte rechts ab. Jawoll. Glückwunsch.« »Wenn Sie also kürzlich auf Usedom waren – Glückwunsch! –, dann haben Sie sicher viele Quallen im Meer gehabt?« »Nicht eine einzige.« »Glückwunsch!«

Aber auch sie wieder unterwegs! Die junge Goldschmiedin mit ihren CDs ... Selbstentworfener Schmuck, selbstgefertigt und auf den Rohling gescannt. Der nun ihre *komplette Kollektion* enthält. Die Braungebrannte ist es, die bei halber Drehung des Oberkörpers mit der Rechten zur Tasche greift, die von der Schulter hängt, und die flache Scheibe lüpft. Da! Sie schiebt die Platte heimlich in die Jackentaschen von Männern, die plaudernd in der Lobby herumstehen. Sie schiebt die Scheibe unter die Servietten ihrer Tischnachbarn. Schiebt sie zwischen die Zeitungsseiten im Frühstücksraum, durch die Türschlitze der Hotelzimmer. Ah, wie das gleitet! Wie geschmeidig sie's in Zwischenräume steckt! Heimlich wie andere stehlen, so steckt sie zu.

*

Ich sah die glückliche Frau mit dem herben männlichen Gesicht, die »Damals ...« sagte und von den siebziger Jahren im ehemaligen West-Berlin sprechen wollte. Doch sie stockte, als habe sie den Ansatz der Erinnerung verloren. Sie schwieg, überließ sich dem Fluß der alten Stunden, sie strömte in verlorener Zeit, unfähig, einen einzelnen Vorfall zu erwähnen oder seiner zu gedenken.

Ja, es waren dieselben schönen Jahre, in denen Richard Wansett und ich die besten Freunde waren, und diese Sommer, da wir, wenn alle in die Ferien reisten, durch die ruhigen Parks der Stadt liefen, in heftigen Erörterungen wie immer, und anschließend war es leicht, einen Platz in einem halbleeren Restaurant zu finden, einen Tisch im Wirtsgarten, wo ein paar Sträucher und Blumenkästen uns von dem geringen Straßenverkehr abschirmten. Wir gingen auch draußen in den Wäldern auf schnurgeraden Wegen, in deren Gleichmäßigkeit wir uns verirrten, plötzlich von Manövertruppen der Engländer umgeben, getarnten Soldaten, die wir eben noch für Büsche und Geäst hielten, oder überholt von einem Narren, der auf einer kleinen rollenden Troika stand und sich von acht wunderschönen Huskies ziehen ließ. Wie oft haben wir auf diesen Sommerwegen, an diesen Abenden das Fehlen neuer Bräute bedauert, von neuen frischen Begegnungen phantasiert und gleichzeitig den vergangenen Lieben ein heiteres Andenken bewahrt!

Ich bin mir sicher: Niemand außer uns beiden hätte damals ein solch brüderliches Dafürhalten und Meinen entwickeln können, ein solches Wählen, Stützen und Emporziehen von Vorlieben und Interessen. Ich kann mich jedenfalls nicht erinnern, je mit einem anderen Menschen zu solch weiten Ausblicken, solch überwältigenden Einverständnissen gelangt zu sein. Und wenn die Zwiesprache leicht und glückselig wurde und alles erreicht hatte, was die Vögel in den Lüften können: schwirren, gleiten, niederstoßen, fiel es leicht, zu geloben, daß wir einander niemals missen dürften. War das etwa nicht aufrichtig gesagt? Oder wäre es besser unausgesprochen geblieben? War es etwa schon das erste Wort, nämlich ein überflüssiges, um abzufallen von der Schönheit unserer leisen, radikalen, verschworenen Verständigung?

Die besaß ihrem Wesen, ihrer Stimmung nach immer etwas jungenhaft Heimliches. Selbst wenn wir Mittdreißiger mitunter wie die Greise klagten und unsere Beschwerden über alles stellten. Lachen und Jammern, Hochmut und Verzagen liefen voreinander davon, keines gewann die Oberhand oder die Partie.

Vielleicht war es dieses Prinzip des Anfänglichen, der knabenhafte Pakt, der uns ein wenig verjüngte und unsere Sprache bisweilen ruppig werden ließ.

Längst hat der reine Azur der schönen Jahre sich mit dichten Wolken bedeckt. Es läßt sich nicht länger verhüllen, daß auch diese besten Freunde sich irgendwann aus den Augen verloren.

Eines Tages hatte er sich für jemand anderen entschieden. Er war zum Zweck unserer Trennung zu einer Freundin gezogen, einer wildfremden, von der Partymeile abgeschleppten Person. Er sorgte für ihren Unterhalt, gab sich mit ihr als ein Paar – nur um ihr tagtäglich anzuvertrauen, daß er den anderen, mich, seinen eben noch besten Freund, nicht mehr ernst nehme; daß ich für ihn ein Gespenst der Vergangenheit sei, mit dem er nur noch ab und an einen lockeren Umgang pflege, und das nur aus pflichtschuldiger Dankbarkeit dafür, daß ich ihm einmal bei einer schweren Prüfung in seinem Leben beigestanden sei.

Das war, als er vorübergehend seinen Verstand verlor, ein Idiot wurde; jemand, den niemand mehr sehen wollte, weil er nur noch dasaß, stumm, apathisch, und wenn man zu ihm sprach, wiederholte er bloß die Worte, die er soeben gehört hatte.

Irgendwann steht jeder andere auf, auch der beste Freund, und kehrt dir den Rücken. Es ist beinahe gleichgültig, ob etwas Ungünstiges vorfiel oder nicht. Oder welche wechselvolle Geschichte diesem abrupten Abschied vorausging. Wenn sie nur lang genug und erschöpfend war; dann geschieht es einfach, über Nacht, in einer Nacht.

Irgendwann betrachtet man seine Tage nicht mehr nach Verläufen und Entwicklungen, sondern nach den Einschlagkratern, die die Meteoriten der Abschiede hinterlassen haben.

*

Firs, der alte Diener, ›Kirschgarten‹, lange nach dem letzten Akt. Firs allein zurückgeblieben, im Gutshaus eingeschlossen und vergessen. Das Haus nun winterfest gemacht, die Türen verriegelt, die Fenster mit Brettern vernagelt. Alle abgereist. Wie wird der alte Diener frieren! Er wird die Dielen und die Bretter vom Boden und den Wänden lösen, er wird das Haus von innen niederreißen Schicht um Schicht, er wird das ganze Haus verfeuern und irgendwann vor der Flamme im Freien sitzen. Firs am Herd im hohen Schnee!

Firs aber und ich. Die neue Herrschaft läßt auch Erlen, Lärchen, Buchen abholzen, nicht nur den Kirschgarten, und wir bleiben noch eine Weile frierend eingesperrt im letzten Innenraum. Welch ein schönes Wort, was für eine Findung: Innenraum! Doch jetzt ist er zu. Alles abgeschlossen, fest verriegelt. Das Innere längst verlassen von den Dichtern wie den Sommergästen. Das Inventar nach außen gebracht, ununterscheidbar vom Gerümpel der geschäftigen Welt. Die Romane enthalten nur noch Stoff und Mitgeteiltes, also Brennholz für den Innenraum. Allein zurückgeblieben an einem aufgegebenen Ort. Firs und ich, der alte Diener und dessen Diener, der Nacherzähler. Beide schon bald im grenzen-, wand- und türlosen Raum … Immer wieder taucht zwischen uns die alte Geschichte auf von der Ranjewskaja und den anderen, um sich gleich wieder zu entziehen, weil wir beide kein gemeinsames Gedächtnis besitzen. Was uns bleibt, ist unser Alter, durchpustet und durchpfiffen. Damit kann man keinen Hund hinter dem Ofen hervorlocken, und schon gar nicht Firs.

Sein Ort ist eine Bank, ein Winkel zum Rauchen und Schweigen. Alle Erinnerung gelöscht. In knisternden Nebel getaucht. Den Boden küssend, liegen wir bäuchlings auf den dicken Bohlen und strecken beide Arme aus, sie beschwörend, uns Dienern einen Klafter freizugeben, damit wir tiefer in die nackte Erde kriechen können, wo es zum Schluß dann wärmer sein wird.

*

Jemand holt einen entfernten Verwandten vom Flughafen ab, der, kaum sitzt er im Wagen, eine umständliche Anekdote zu erzählen beginnt. Da ihr der Fahrer beim besten Willen keine Anspielung auf sich oder die gegenwärtige Situation der beiden Männer entnehmen kann, beginnt sie ihn schnell zu langweilen und zunehmend in Ungeduld zu versetzen. Dabei unterlaufen ihm bei der Ausfahrt des Fahrzeugs, als er sich im Parkhaus Serpentine um Serpentine nach unten windet, die Fehler und Ungeschicklichkeiten eines Anfängers, worüber er in Wut gerät, verkehrs- und sinnwidrig zurücksetzt, verschiedene mißglückte Abkürzungsversuche durch leere Etagen unternimmt, gleichsam ein Wink mit dem Zaunpfahl, der entfernte Verwandte möge seine Geschichte ebenfalls abkürzen, wozu der, dem Gesetz der verschachtelten Erzählung ergeben, keine Neigung zeigt, wie auch die heftigen Flüche und Verzweiflungsausbrüche des Fahrers über die eigenen Fahrfehler ihn nur für kurz zum Schweigen bringen; denn kaum ist ein Erregungsanfall vorbei, fährt er sogleich mit seiner auf nichts hinauslaufenden Anekdote fort, in die er sich hüllt wie jemand, der einen meterlangen Schal sich unzählige Male um den Hals schlägt.

*

Erster Gang mit rumänischer Zugehfrau durch das neue Haus. Entlang der Schränke und Möbel, um ihr zu zeigen, was zu tun ist. Ich hatte, sie auf Verschiedenes aufmerksam machend, der zierlichen Frau die Hand auf die Schulter gelegt und länger dort gelassen als nötig. Ihrerseits ergriff sie bei dem leisen Erschrecken über zwei Wasserlachen im Flur plötzlich meine Hand und ließ sie nicht gleich wieder los, als der Schreck vorbei war. So könnte es bleiben. Einander gewogen sein im Rahmen eines Dienstverhältnisses. Es nicht übertreiben. Doch am Ende des langen, ausführlichen Inspektionsgangs sogar eine hauchzarte Berührung unserer Lippen: die Abmachung, der Vertrag, das Einverständnis. Gewiß nie mehr als das – sie ist ja verheiratet. Jeden Mittwoch aber die frische Sympathie bei der Begrüßung.

*

Wieder der stille undurchschaubare Laden, in dessen Schaufenster nur eine weiße Gardine hängt, und auf einer mit hellem Filz belegten Stufe liegen zwei große polierte Holzkugeln. Wenn man länger hinschaut, entsteht eine Anziehung zwischen ihnen und sie rollen aufeinander zu: ihr Zusammenprall geschieht gerade mit der Kraft, die genügt, um sie wieder an ihren Ausgangspunkt zurückrollen zu lassen. In dieses Geschäft kann man nicht eintreten. Keine Anzeige, kein Schild, kein Name lockt den Gast der Kaufpassage. Dem neugierigen

Passanten zeigt sich zuweilen der Schatten eines freischwebenden, rumpflosen Kopfes hinter der Gardine, der auf- und niedersteigt wie ein gasgefüllter Ballon, von wechselnd warmen und kälteren Luftströmen bewegt. Der Laden ist immer geschlossen. Womöglich hat ihn niemand je betreten. Die Türklinke ist abmontiert. Die Leute sagen: der Kaufgeist selber hause darin. Vielleicht ist er es, der die Kugeln in Bewegung versetzt? Obgleich wir doch annehmen müssen, daß unsere konzentrierte Betrachtung es bewirkt. Vielleicht ist es seine Kraft, die des Schattens hinter der dichten, gewellten Gardine, die sich mit der unseren, die wir draußen vor dem Fenster stehen und hineinstarren, verbindet und zu einem Magnetfeld vereint, in dem die Kugeln, die zweifellos durch und durch hölzern sind, aus hellem geschliffenen Birkenholz mit braunen Maserungen, so seltsam belebt und angetrieben werden. Es ist ein Geschäft, das in die verständliche, betriebsame Verkaufszone eine beunruhigende Stille, eine rätselhafte Lücke einfügt. Es ist ein Geschäft, aus dem heraus vermutlich die Geschäftigen, die Gänger und Käufer, beobachtet werden. Ein Laden unter einem Bogengang zwischen Reisebüro und Juwelier. Das stille Geschäft, das wohl nie ein Kunde betrat, in dem kein Handel je getätigt wurde, bietet als einzige Ware dieses kleine bescheidene kinetische Experiment, welches jedoch nur zum *Beweis* seiner Unverkäuflichkeit abläuft. Denn stellt es nicht die sinnbildliche Abstraktion der Begegnung zwischen Verkäufer und Kunde dar, wenn die beiden Kugeln aufeinander zu rollen und nach dem Zusammenprall an ihren Ausgangspunkt zurückkehren? Der vor dem Schaufenster verweilende Betrachter leitet mittels seiner Schaukraft das bewegte Kräftespiel des Handels ein und dieser geschieht in der reinsten Figuration, vollendet und komplett, so daß für seinen praktischen Vollzug sowohl Sinn wie Kraft bereits erschöpft und verbraucht sind.

*

Kein Wort über die Zukunft des Menschengeschlechts! Die spindeldürre junge Frau im altmodischen Cocktailkleid mit Straßbesatz, tailleabwärts in Bleistiftlinie, Volants am Saum. Allein mit Mikrophon, dazu die hohen Boxen am Rand des dunklen Marktplatzes. Singend nach Art der dichtenden Chanteusen. Eine Nachahmung in Armut. Singend von Kriegern, die feststecken in alten Sagen, sich nicht mehr rühren können, von Hirten, die weinen, von Burgherren, denen die Händler der Welt wie Hunde aus der Hand fressen. Eine, die, umzingelt von technischem Gerät, gleichwohl auf den Entsatz durch königliche Milizen wartet, während sie von den trockenen Zisternen der Minne singt.

Die jähe Flucht vor den Waren hatte die dünne Verkäuferin in den Legenden-Gesang getrieben. Die nackte Not, sich mit Gesang die Inventur vom Leib zu halten. Mit keinem Wort sie zu nennen, ein einziges Tabu, *Inventur*, die sie fürchtete wie eine lernäische Hydra. Mit dem Feuer ihrer Lieder will sie die Stümpfe der Inventur-Schlange ausbrennen, damit ihr die Köpfe nicht immerzu nachwachsen.

Der Blick, wie mit einer Kran-Kamera aufsteigend, schwenkt über den alten Marktplatz, die Wimpergen der gotischen Ratsgebäude strecken sich in die Höhe, der Platz dehnt sich … und dann erscheint das greise Paar. Sie verharren, den Kopf zum Pflaster geneigt, als versickere das Lied der Chanteuse vor ihnen zwischen den Steinen. »So weit ab kamen wir und lauschen dem Gesang einer entrückten Dreißigjährigen!«

Der Mann, mit dem seine Frau eingehakt ging, hatte sich ein wenig von ihr gelöst, so daß nur noch ihre Hand in seiner Armbeuge lag. Seine Aufmerksamkeit galt indes mit schwachen, zusammengekniffenen Augen einem Brunnen im Stil der Frührenaissance, der in der Mitte des Marktplatzes stand und gerade zu wachsen begann, ganz langsam höher und größer wurde. Das grüne Netz, das über dem Bassin ausgespannt war, um den Blätterfall der nebenstehenden Platane aufzufangen, mußte in wenigen Augenblicken reißen.

Der Mann murmelte: »Das ist etwas naturalistisch.«

»Naturalistisch?« fragte die Greisin, ohne den Blick vom Pflaster und dem zwischen den Steinen verklingenden Lied zu heben. Ihrem Mann verrutschten die Wörter jetzt oft, so daß er bestimmte Vorgänge oder Phänomene nicht mehr zutreffend benennen konnte. Mit sanftem *glissando* streifte er verschiedene Bedeutungen, ein schönes Ungefähr entstand, so daß das gewählte Wort eine Tatsache oder einen Gegenstand nur am Rand noch berührte.

»Naturalistisch«, gewöhnlich in einem gutdefinierten kunsthistorischen Sinn benutzt, sollte hier bedeuten: Das Netz, das über der Wasserschale auslag, gab einen eindeutigen Hinweis auf einen naturbedingten Vorgang, den Blätterfall. Und zwar, indem es diesem Einhalt gebot, ihn daran hinderte, auf den Grund des Brunnens zu sinken, um dort einen modrigen Belag zu bilden, der das klare Wasser verderben würde.

Die beiden Alten waren in einem längst vergessenen Stil der dreißiger Jahre des 20. Jahrhunderts sorgfältig gekleidet, trugen wadenlange Staubmäntel mit hohen steigenden Reversflügeln. Die Frau schützte zudem ihr Haar unter einer ledernen Cabrio-Haube, deren Kinnschnalle herabhing. Dazu gehörte eine auf die Stirn geschobene große runde Schutzbrille.

Wenn man nun solche beiden betrachtet, frühmorgens auf einem sich dehnenden Marktplatz, fragt man unwillkürlich: was läßt sich Genaueres als das entstellende Wort »Paar« für sie verwenden? Nein, nicht Genaueres, im Gegenteil: Was läßt sich *Ungefähreres* sagen für dies allzu bekannte, jedoch unerforschliche Beieinander zweier Menschen, die nach ihren vielen Vereinigungen immer noch zwei geblieben sind? Zu zweit geblieben nun auf Plätzen, die sich langsam dehnen, neben Brunnen, die in die Höhe wachsen. Wer sind sie? Wie soll man sie nennen?

Vor dem Casino neben dem Marktplatz hielten sie an, und die alte Frau legte ihre Hand auf die Schultern ihres Manns, als wollte sie sagen: ›Komm, weiter! Laß uns einfach nur weitergehen.‹ Und kurz darauf, als sie wieder ein paar Schritte gegangen waren, legte der, wie es schien, trostbedürftige Mann seinerseits die Hand auf die Schulter seiner Gefährtin als Dank für ihren Zuspruch, der ihm gutgetan hatte. Vielleicht war es ein Nachlassen von Leben, das beide verspürten und dem die Frau die Aufforderung entgegenhielt: ›Komm, weiter! Einfach nur weitergehen.‹

*

Das Jawort. Eine Woche Nachsaison im Hochgebirge, den »Königshof« in Gipfellage hatte meine Frau gebucht. Aufgrund des Platzmangels in der klüftigen Gegend gab es dort einen ausladenden Gebäudekomplex, fast ineinander gewachsen waren zwei konkurrierende Hotels, dazu eine Bank und ein Schuhgeschäft. Ich wartete auf dem etwas abgelegenen Parkplatz, der Endstation aller Publikums- und Personenfahrzeuge, auf die Ankunft meiner Familie. Ich selbst hatte die romantische Variante der Tour gewählt und war mit der Bergbahn und anschließend in einer Kutsche auf den Gipfel gelangt. Die Familie fuhr hingegen mit dem Taxi an. Der Sohn hatte eine Spielkameradin aus dem Tal mitgebracht, die nun, zu meinem Befremden, von ihren Eltern begleitet wurde.

Hilfsbereit wie immer sprang Daniel, mein Sohn, aus dem Fond, wo er neben diesen mir nie angekündigten und folglich wenig willkommenen Gästen ziemlich gequetscht die anstrengende Serpentinenfahrt überstanden hatte. Im Handumdrehen besorgte er einen Gepäckwagen und half dem Taxifahrer und mir beim Entladen der Koffer und Taschen. Meine Frau mußte sich nach einem flüchtigen Begrüßungskuß unverzüglich in Richtung eines der beiden Hotels begeben haben, denn als ich vom Auspacken aufsah, war sie nicht mehr in der Nähe. Auch der Sohn schob bereits den überfüllten Gepäckwagen zu den Hotels.

Ich wollte ihm hinterher, bemerkte aber, daß der Taxifahrer auf seine Entlohnung wartete. Ich fragte ihn nach der Summe – in der Erwartung, die ungeladenen Gäste nähmen sich der Rechnung an. Er antwortete etwas verdruckst, er bekomme insgesamt 93 Euro. So viel trug ich nicht bei mir, meine Frau hatte Kreditkarten und Bargeld unten im Tal an sich genommen. Es stellte sich heraus, daß die befremdlichen Eltern, die sich unentwegt um ihr keineswegs unbeholfen wirkendes Töchterchen kümmerten, mit dem Taxifahrer ausgemacht hatten, daß sein Preis auch für ihre Rückbeförderung gelte. Dieser Handel machte sie mir noch unsympathischer, gleichzeitig genierte es mich, daß ich ihm das geforderte Geld nicht sofort aushändigen konnte. Ich bat ihn, sich wenige Minuten zu gedulden. Auf der Suche nach meiner Frau lief ich zu dem mir nächstgelegenen Portal eines der beiden Hotels und erfuhr in der Rezeption, daß sie sich gerade das Dreibettzimmer 224 anschaue.

Also fuhr ich hinauf in das zweite Stockwerk, traf aber in 224 niemanden an. Ich lief die Gänge übereck und in die abzweigenden Flure, dann die Stufen abwärts in den ersten Stock. Dort befand ich mich unversehens vor einem Eingang, über dem in kaltweißen LED-Birnen der Schriftzug *Petra's* strahlte. Die Tür ging auf und ich betrat eine Rolltreppe, die mich weiter abwärts zu einem unterirdischen, in den Fels geschlagenen Supermarkt brachte. Eilig suchte ich nach dem Ausgang, durchquerte etliche Regalgassen und war plötzlich mit dem Gedanken beschäftigt, meine Frau habe das Zimmer 224 abgelehnt und suche nun in dem benachbarten Konkurrenzhotel nach einer geeigneten Unterkunft.

Mir schien, daß man bei der Einrichtung der Regalgassen den Plan eines Labyrinths nachgeahmt hatte, denn offenkundig legte ich immer wieder die gleichen Strecken zurück und fand nicht zum Ausgang. Man erklärte mir, ich brauchte nur eine Kleinigkeit zum Kauf bereithalten, dann würden mich Leuchtpfeile zur Kasse führen. Ich griff einen Beutel Gummibärchen für den Jungen, dann noch einen zweiten für seine Freundin, für diese Kleinigkeiten reichte mein Bargeld.

Als ich *Petra's* glücklich wieder verlassen hatte, rannte ich zum Parkplatz, um den Taxifahrer, der inzwischen an seinem Wagen lehnte und den ihr Mädchen betüddelnden Eltern fordernd die offene Hand hinhielt, darüber zu informieren, daß ich leider meine Frau, die sämtliche Barmittel bei sich trug, immer noch nicht gefunden hatte. Er sah mich an wie einen Betrüger. Als ich mich abwenden wollte, um weiter zu suchen, machte er Anstalten, mich am Arm zu packen und festzuhalten. Ich herrschte ihn an, seine Finger von mir zu nehmen, er sehe doch wohl, in welch mißlicher Lage ich mich befände. Er möge seine spärlichen Reste an Menschenkenntnis zusammenraffen und mich richtig einschätzen!

Ich rannte also in das Hotel »Zum Prinzen«, das vom Westflügel des »Königshof« nur durch eine Brandmauer getrennt war. Wieder fragte ich an der Rezeption nach meiner Frau und erfuhr, daß sie gerade dabei sei, Zimmer 401 für unsere Zwecke zu prüfen. Dasselbe Spiel wie im »Königshof«. Niemand mehr auf 401. Um nicht auf den gerade steigenden Aufzug warten zu müssen, eilte ich zwei Stockwerke abwärts – und traf im zweiten auf meinen Sohn, der neben dem überfüllten Gepäckwagen stand, ebenfalls in einer verzweifelten Verfassung. Er habe nun schon in beiden Hotels den schweren Wagen über die Gänge sämtlicher Stockwerke geschoben, und jedesmal sei die Mutter gerade wieder in ein nächstes Zimmer oder in das benachbarte Hotel gewechselt!

Ein Verabredungsfehler, stammelte ich. Der Übereifer der Mutter hat uns in diesen Irrsinn geführt. Ich gab ihm die Tüte mit Gummibärchen, eine Geste, die ihn augenblicklich wie ein Zitat aus seinen Kindertagen berührte und genügte, um ihn gänzlich zu erweichen. Er weinte bereits leise vor sich hin.

– Ich muß den Taxifahrer bezahlen, er wartet immer noch auf dem Parkplatz, haspelte ich, ich habe keine 93 Euro! Die Eltern deiner Freundin warten auf ihre Heimfahrt, sie wollen keinen roten Cent zu den Fahrtkosten beisteuern.

– Das müssen sie auch nicht, erwiderte der Sohn mit einem Anflug von Eiseskälte. Ich habe hier eine ungenutzte Prepaidkarte im Wert von 100 Euro. Gib sie dem Mann.

– Was soll er damit? Vielleicht paßt sie nicht zu seinem Handy oder er telefoniert über einen Billigtarif.

– Die Karte ist bares Geld. Außerdem hat er dann noch sieben Euro Trinkgeld. Ich warte hier auf dich.

Ich war zu erregt, um den unmittelbar aus den Tränen aufgestiegenen, kühl erwachsenen Ton meines Sohns zu beargwöhnen oder gar zu beanstanden. Stattdessen klagte ich kopfschüttelnd: Das stimmt doch alles nicht. Das stimmt hinten und vorne nicht.

Ich rannte zurück zum Parkplatz. Unterwegs plagte mich nur der eine Gedanke: Ich kann mit einer Frau, die bei allem, was sie zu besorgen hat, einen solch blinden, rücksichtslosen Eifer an den Tag legt, kein normales Leben führen. In welch absurde und unwürdige Lage hat sie mich gebracht! Wieder einmal. Nur weil sie ihre *Linie* stur und mit Scheuklappen verfolgt ... Aber sie hat es doch gut gemeint, erwiderte ich laut mir selbst. Quartiermacherin, die sie nun einmal sein möchte. Es war ja nur ein Verabredungsfehler! Ein Verabredungsfehler! rief ich mir zu, um mich ein wenig zu besänftigen in meiner Aufwallung gegen den mir liebsten Menschen.

Zurück auf dem Parkplatz bot ich dem Taxifahrer die Telefonkarte an, die sich mein Sohn von seinem Taschengeld erspart hatte, doch er weigerte sich, sie als gültiges Zahlungsmittel anzusehen, und bekam schließlich einen Wutanfall, als ich mich, unvorsichtig, als rechtskundiger Bürger aufspielte und ihm erklärte, er sei aber verpflichtet, sie anzunehmen. Ich schrie zurück und wäre ihm fast an die Gurgel gegangen, wenn nicht in diesem Augenblick der Vater des Töchterchens, das mit meinem Sohn auf dem Hochgebirgsgipfel die nächsten Tage verbringen wollte, zwischen uns getreten wäre und auf seine verkniffene Art sich bereit erklärt hätte, mir die Karte abzukaufen, allerdings zu einem reduzierten Preis. Er sei bereit,

90 Euro für die 100-Euro-Karte zu bezahlen. In seiner Familie telefoniere man mit einem Handy, das die Karte akzeptiere und zu günstigen Tarifen verwende. Nun gut, sagte ich aus tiefer Verachtung für den kleinlichen Menschen, der mir aber in diesem Augenblick von großem Nutzen war ... Gut, ich bin einverstanden. Daniel darf ich davon nichts erzählen. Ich sah, wie sein Töchterchen grinste, vermutlich weil sie dachte, dann werd ich's ihm eben erzählen. An was für eine Familie war mein Sohn da geraten! Verschlagene Naturen.

Ich legte aus meiner Börse die restlichen drei Euro dazu und entlohnte den Fahrer. Kein Trinkgeld. Ohne sie anzuschauen, gab ich den Eltern rasch die Hand, sie stiegen ein, nachdem sie ihr Töchterchen an allen Kleiderfalten und -säumen noch einmal zurechtgezupft hatten, und schon begann für sie die kostenlose Talfahrt, wie sie das für selbstverständlich hielten.

Nun war ich mit dem Töchterchen allein und bewegte mich, endlich ohne Hast, übertrieben langsam auf die Hotelgebäude zu. Das Mädchen war die ganze Zeit dem Gehetze um das passende Zimmer ungerührt gefolgt wie einem sportlichen Wettstreit. Jetzt ließ sie mich wissen, Rosa, meine Frau – sie nannte sie beim Vornamen! – hätte im Taxi während der Bergfahrt laut und deutlich erklärt, daß sie sich diesmal bei der Wahl der Zimmer beim Preis-Leistungs-Verhältnis nicht wieder hinters Licht führen lasse wie letztes Jahr in den Herbstferien. Es sei ihr Ehrgeiz und ihre Pflicht, das bestmögliche Zimmer für uns vier zu finden. Und das werde ihr auch gelingen. Das bestmögliche! Wiederholte das Mädchen auf altkluge Art.

Ja, so ist es nun einmal, antwortete ich in einem eingeübten Ton der Mäßigung. Seit längerem wird meine Frau in diesem Punkt von Rekordstreben geplagt.

Die Freundin meines Sohns sagte: Ich denke, es wird das beste sein, wir warten hier, bis sie die Sache erledigt hat. Dann ergänzte sie spitz: Ich hoffe nur, Rosa ist sich darüber im klaren, daß ich ein eigenes Zimmer brauche. Ich war vorhin, solange wir noch im Taxi saßen, nicht in der Lage, ich scheute mich einfach, es in aller Deutlichkeit auszusprechen.

Obwohl erst zwölfeinhalb Jahre alt, erwies sich das Mädchen mit seinem gestelzten Redestil als das glatte Gegenteil zu unserem Daniel, dessen gesunder Menschenverstand, wie der meine auch, zwar mitunter von heftigen Affekten und Launen heimgesucht wurde, die zu verbergen er sich aber keiner Masken und Allüren bediente.

Offensichtlich hatte sie vor, mir das Verhältnis, das ihre Eltern zu ihrer nachkindlichen Frühreife nicht finden konnten, in allen Einzelheiten vorzustellen. Ich bat sie jedoch, einige Minuten allein zu bleiben, da wiederum Daniel mit dem Gepäckwagen, also auch ihren Sachen, im zweiten Stock des »Prinzen« auf mich wartete.

Niemals wäre sie bereit, hier auf dem Platz alleine herumzustehen, entgegnete sie, nicht mal für eine Minute! Doch das sei auch gar nicht nötig, denn da liefe ja Daniel schon aus dem Hotel herbei. Und tatsächlich, da kam er, beachtete sie aber nicht und warf sich an meine Brust: Das Gepäck ist fort! schluchzte der Junge. Gestohlen! Ich war nur eben auf der Etagentoilette, wusch mir die Hände und trocknete sie unter dem Fön. Als ich wieder auf den Flur trat, war der Wagen mit sämtlichen Gepäckstücken verschwunden.

Ich stieß einen lauten Fluch aus, verwünschte die Reise, unsere gesamte verunglückte Ankunft im Hochgebirge.

Jetzt wandte sich Mia, Daniels noch völlig unerprobte Freundin, an mich mit der Bemerkung, daß die Sache mit dem verschwundenen Gepäckwagen für sie kein Rätsel darstelle. Man möge den Zwischenfall nüchtern betrachten: als einen einfachen Räumvorgang vonseiten eines Hotelbediensteten.

Also begaben wir uns – unseren Warteposten, von dem meine Frau nach Abschluß der Zimmerwahl uns eigentlich hatte abholen wollen, leichtfertig räumend – zurück zum »Prinzen« an jenen Abzweig des Flurs im zweiten Stock, an dem Daniel mit dem Gepäckwagen auf mich gewartet hatte. Kaum glaubten wir die Spur, auf dem der Wagen über den Sisalläufer weggeschoben worden war, entdeckt zu haben, da trat aus Zimmer 207 meine Frau und begrüßte uns freudig mit den Worten: Was für ein Zufall! Ich wollte euch gerade holen! Wie habt ihr hergefunden?

Ich war so glücklich, daß die Familie wieder beisammen, das passende Zimmer offenbar gefunden und unser Gepäck darin bereits untergebracht war, daß ich vor Erleichterung wiederum weinte und Daniel mit mir. Während sich also die kleine Familie selbdritt in den Armen lag, nahm Mia in Zimmer 207 ihre beiden Reisetaschen vom Gepäckwagen und trat zu uns auf den Flur.

Dann machte sie noch einmal ihren Anspruch auf ein eigenes Zimmer geltend. Daraufhin entspann sich zwischen ihr und meiner Frau ein wenig freundlicher Wortwechsel.

Meine Frau: Ob ihre Eltern denn für ein eigenes Zimmer auch Vorsorge getroffen hätten?

Von der Aussicht auf eine finanzielle Zusatzbelastung schien sie augenblicklich alarmiert. Ihr Ehrgeiz, auf einer Reise stets kostensenkende Umstände herbeizuführen, geriet in Gefahr, von Mias Sonderwünschen unterlaufen zu werden. Weshalb sie, Mia, auf der langen Taxifahrt in Anwesenheit ihrer Eltern nicht ein Sterbenswörtchen vom eigenen Zimmer habe verlauten lassen? Sich vielmehr, ein kleineres Mädchen, als sie in Wirklichkeit war, an den Busen ihrer Mutter geschmiegt habe?

Darauf Mia, ihrerseits mit großer Stimme: Weil meine Eltern, jeder für sich, erst recht aber zusammen, sehr, sehr gefährdete Menschen sind, die ich erst langsam daran gewöhnen muß, daß ich nicht mehr die bin, die kleine Niedliche, als die sie mich offensichtlich ein Leben lang ansehen wollen ...

Meine Frau: Es komme überhaupt nicht in Frage, Extrawünsche nachträglich durchsetzen zu wollen. Mit größter Mühe und viel *Kaufmannsgeschick* habe sie ein Paket geschnürt, ein Preis-Leistungs-Paket und in diesem Paket sei sie, Mia, fest mit eingeschnürt, es gebe da absolut keinen Bewegungsspielraum mehr.

Falls ihr ein eigenes Zimmer verweigert werde, entgegnete die Zwölfeinhalbjährige äußerst kühl, müsse sie leider darauf bestehen, noch vor Einbruch der Dunkelheit von einem Taxi ins Tal zurückgebracht zu werden.

Hast du Geld? Hast du Geld? schrie meine Frau, hemmungslos und fast ordinär.

Ich mußte zwischen die beiden treten, wußte aber nicht, wie ich sie beruhigen konnte.

Da kam mir mein Sohn zuvor. Er stellte sich auf die Seite seiner Freundin, seine Mutter gleichzeitig mit flehenden Blicken besänftigend: Sie ist wunderbar. Einfach wunderbar! Ich hatte schon so viel Freude mit ihr, als wir unten im Tal miteinander spielten. Im Tal war sie ein Kind, hier oben spielt sie auch, aber jetzt ist sie eine richtige kleine Dame. Mutter! Ihr schuldet mir hundert Euro. Denn ich habe mit meiner ungenutzten Telefonkarte die Taxifahrt bezahlt. Für dieses Geld könnt ihr meiner Freundin ein eigenes Zimmer bezahlen.

Schweigend griff meine Frau in ihre Handtasche und händigte Daniel seine hundert Euro aus.

Dann wandte sie sich wieder an die eigensinnige kleine Person, die Daniel natürlich schon vertrauter war als uns, seinen Eltern, und fragte mit einem geringschätzigen, beinah zweideutigen Lächeln: Da unser Sohn sich schon erbiete, von seinem Ersparten ihr ein separates Zimmer zu spendieren, ob sie nicht wenigstens bereit sei, es mit ihm, dem Daniel, zu teilen?

Das Mädchen verlor augenblicklich die Farbe aus dem Gesicht, das kam ihr doch sehr überraschend. Dann sah sie von einem zum anderen, und ihr Blick war offen und fest, so elternvergessen, wie er nur sein konnte, und antwortete: Ja.

Schnell setzte ich nach in der Hoffnung, ich könne die Angelegenheit mit Daniels Hilfe noch ins Wanken bringen. Also fragte ich ihn: Ob denn auch er dazu bereit sei?

Ohne Zögern antwortete er mit einem knappen ernsten: Ja.

Ich spürte, wie er innerlich jubelte, aber so, wie Kinder jauchzen über das Abenteuer, mit einer Spielkameradin im eigenen Zimmer übernachten zu dürfen. Natürlich hatte er mitbekommen, daß seine Mutter der Sache eine von Hintergedanken nur so triefende Bedeutung beimaß, und darum versuchte er dieses Hintergründige in die eigene Stimme zu heben, ahmte das Bedeutsame nach, gab feierlich ein Jawort, obwohl ihm eigentlich nur fröhlich zumute war.

Dann forderte das Mädchen ihn auf, sie hinunter zur Rezeption zu begleiten, wo sie sich für ihr eigenes Zimmer eintragen würden. Noch auf dem Flur hörten wir, wie sie sich mit den Worten an Daniel wandte: Wir werden es einfach vom weiteren Verlauf des Abends abhängig machen … Falls es zu kompliziert wird, kannst du dich immer noch auf das Zimmer deiner Eltern zurückziehen.

Der Junge nickte und sagte: Ich werde die ganze Nacht kein Auge zutun.

*

Die Beleidigung hatte Gottfried Gromme mit offenen Worten ausgesprochen. Sie war keine versteckte oder indirekte, keine etwa versehentlich entschlüpfte oder nicht ganz ernst gemeinte Beleidigung. Sie wollte Jens Müthel treffen und zur Besinnung bringen, er sollte daran zu würgen haben. Wenn auch nicht darunter einknicken oder gar verzweifeln, zerbrechen. Gromme konnte freilich die Wirkung, die seine Beleidung auf Jens Müthel tat, nicht im vollen Umfang voraussehen oder gar vorherbestimmen.

Eines nur schien ihm sicher: Müthel würde sich nicht zur Wehr setzen. Würde niemals zurückschlagen mit einer Gegenbeleidigung, ausfällig werden oder sonst irgendwie dem anderen, seinem Kompagnon, Gleiches mit Gleichem vergelten. Würde vielmehr schweigen, nur langsam würden sich die Worte in ihn hineinfressen. Während Gromme dergleichen nicht ohne Beklommenheit erwog, konnte er zumindest nicht ausschließen, daß seine für den anderen aus heiterem Himmel herniederfahrenden bösen Worte das Verhältnis zwischen ihnen auf lange Zeit verderben und unfruchtbar machten.

Er wollte Müthel nicht mehr in seiner unmittelbaren Nähe haben, im Innersten seines Entscheidungsspielraums keinen Müthel mehr, der sich mit einigen zweifelhaften vertrauensbildenden Maßnahmen bis dorthin vorgeschlichen hatte. Einfach zurück an die Peripherie mit dem Kerl! Das war die einzige Absicht, die Gromme mit der Augenblickseingebung einer drastischen Beleidigung verband, Worten der derbsten Abschätzigkeit, von denen Müthel immer annahm, daß Gromme sie im stillen bereits unzählige Male gegen ihn gerichtet hatte, doch unter keinen Umständen offen und unumwunden aus sich herauslassen würde. Daher schien es Müthel nun, als wäre die langanhaltende, von Spekulationen schwellende Stille zwischen den beiden Männern mit einem Mal geplatzt wie jede andere Spekulationsblase auch, und ein vernichtungswütiger Dämon wäre aus dem Maul des Gromme hervorgesprungen, dem offenkundig Würde und Wesen seines Partners, des Mannes ihm gegenüber, nichts bedeuteten, so daß er, Müthel, fürchten mußte, im nächsten, etwa noch gesteigerten Moment Grommescher Unbeherrschtheit ohne weiteres geschlagen zu werden. Er drehte sich auf dem Absatz um, da offenkundig eine Tätlichkeit sich anbahnte, und überließ Gromme in seinem Arbeitszimmer der eigenen, einsamen Unbeherrschtheit, die ohne Gegenüber völlig außer Kontrolle geriet, sich gegen Wand und Tür entlud sowie beim Umstürzen von Tischen und Regalen.

*

»Bilder der Freude«, sagt sie, »es sind Bilder der Freude.« Und noch einmal kommt dieser leise Ton von damals, aus den frischen Jahren, da die Gemälde entstanden, über ihre eingefallenen Lippen.

Besuche bei Nadja, Berlin, Ende der sechziger Jahre, Oranienstraße, trübes Loft im Kreuzberger Hinterhaus, die Sitten locker, der Mut frech, die Kunst sorglos. Abbröckelnde Häuserfassaden, Alte-Leute-Milieu neben dem der Türken der ersten Generation, bleibende Kriegsschäden, dachte man, aber zehn Jahre später hatten Reichtum und restaurierende Technik alle Kriegsspuren beseitigt.

Torsten, der naive Künstler, malte wie besessen, füllte Leinwand um Leinwand mit den monumentalen Vergrößerungen der Schamlippen seiner Gefährtin, nichts anderes als diese gewaltigen Falten und Lappungen, nicht zu vergleichen mit dem ›Ursprung der Welt‹ von Courbet, doch ohne sein Vorbild nicht möglich, fleischlich und roh, die junge Vagina jener Frau, die jetzt, in die Jahre gekommen, bescheiden und rätselnd vor den Bildern steht, ein wenig fröstelt und die Strickjacke um die mageren Schultern enger zieht.

Als er starb, schon mit zweiunddreißig nach einer durchzechten Nacht in Albufeira, schlief einfach weiter mit stehendem Herzen, hinterließ er ihr diese Zeugnisse einer feierlichen Sinnenfreude, an die hundert Acryl-Porträts ihrer Scham, eine Hinterlassenschaft, die sie damals so wenig genierte wie heute, für die sie immer wieder Händler und Käufer sucht, mit nüchternem Stolz fremden Männern (sich) zeigt, da sie vom künstlerischen Wert der Bilder fest überzeugt ist. Meist wirft so ein Kunsthändler kaum mehr als einen nachdenklichen Blick auf die Porträts und dann einen noch nachdenklicheren auf die Porträtierte. Doch fand sich bisher kein ernsthafter Interessent, das Werk wurde nie entdeckt und trat aus dem Zwang und dem Glück, die den Maler bei seiner Arbeit erfüllten, niemals hervor. Nun betrachtet Nadja sie gemeinsam mit ihrem Sohn Michael, der gerade eine Juniorprofessur in Politologie bekommen hatte, und erläutert ihm Bildaufbau und Farbenspiel, die unbeirrte, kraftvolle Linie des frühverstorbenen Vaters, dessen Gemälde aus der Fabriketage den Weg in die Welt noch vor sich haben. Für sie sind es Kunstwerke und außerdem, jeden Tag aufs neue, über alle Tage hinaus: Bilder der Freude.

*

Wo immer ein Platz neben ihm frei war, irgendwo auf der Welt, im Konzert oder im Flugzeug, im Wirtshaus oder auf der Sporttribüne, dauerte es nicht lange, und sie stellte sich ein, setzte sich neben ihn und sah beiseite. Die Nähe, die sie zu ihm suchte und immer fand, überall auf der Welt, schien ihr gleichzeitig eine Art Kränkung zuzufügen. Er faßte sie am Kinn, er wollte ihr wegsehendes Gesicht zu sich wenden. Doch sie versteifte den Nacken und ließ sich nicht bewegen. Er nahm ihren Arm und bedeckte ihn mit Küssen. Da ballte sie die Hand zur Faust und zog ihren Unterarm kräftig an sich. Bei der geringsten Berührung verspannte sie Leib und Seele gegen ihn. Nur neben ihm. Nur immer neben ihm.

Irgendwann saßen sie für immer Seite an Seite und starrten auf ein Nimmerwiedersehen endlos in dieselbe Richtung. Beide unterm Sonnensegel Ausschau haltend überm Land, das weder wich noch näher kam. Zuweilen verirrte sich auf ihre doppelten Gesichter ein Schein von Zweifel, als wären sie einander nicht ein offnes Buch. Dann ein leiser Schreck aus jahrelang Zurückgehaltenem, die Frage: »Du?«

*

»Warum hast du mich vergessen?« flüstert zärtlich der Teller, den ein Mensch, der mir nicht mehr erinnerlich war, als Projektionsfläche benutzte. Auftauchend, sich entwerfend aus dem Ungedenken auf ein rundes Stück Porzellan. Eine Vergessene! Ihr Gesicht, das sich plötzlich zeigt, wobei das bildgebende Verfahren offenbar auf einer Amnesie-Strahlung beruht. Das Vergessen benutzt solche glatten hellen Flächen, die es mit dem einen oder anderen seiner Gespinste bestrahlen kann. Der oder die Vergessene scheint und leuchtet ganz aus eigener Kraft. Ja sollte es gar, das Vergessen, eine Art Energiespeicher sein für den Betrieb unseres Bewußtseins?

Wie aber schütze ich mich vor dem jähen Ausbruch von friedlich Unerinnertem?

*

Ein Vater, alleinstehend, Graphiker, nicht gut bezahlt, kann es nicht verhindern, daß sein einziger Sohn sich für eine Gefahrenzulage von 25 000 Euro nach Afghanistan versetzen läßt, wo er kurz vor Weihnachten Opfer einer Straßenbombe wird. Seither ist dem Vater an nichts anderem gelegen, als eine lückenlose Rekonstruktion der letzten Tage im Soldatenleben seines Sohns zu erstellen. Er recherchiert unaufhörlich. Weiß schließlich von jedem Tagesbefehl, von jedem Kilometer, den der Sohn im Dienst zurückgelegt hat. Er nimmt Kontakt mit dessen Kameraden auf, untersucht unermüdlich, ob irgendein »Fehler« im Spiel war. Ob der Sohn es an entscheidender Stelle an Vorsicht habe mangeln lassen – oder ob alles nur ein Werk des blutigen Zufalls war. Man wußte von neuen Todesfallen – warum hat man sie an diesem Morgen nicht umfahren? Er kennt jeden Ort, jeden Außenposten im Umkreis des Lagers, jeden Streckenabschnitt der kontrollierten Wege. Er lernt die korrekte Aussprache von Straßen- und Ortsnamen und führt sie unablässig im Mund, wenn er »in der Sache« telefoniert oder einem Bekannten ein weiteres Mal »die näheren Umstände« schildert. Er wird zum Experten jenes Unglücks, und seine Recherche zähmt seine wilde Trauer.

Er erinnert sich an das Wort, das der Sohn ihm in einer dunklen Stunde einmal gesagt hat: Wenn man es so gut hatte wie du, dann muß man auch das Bittere im Leben ertragen.

Es wurde dann auch das Wort gegen den Freitod, den der Vater erwog, nachdem er die Nachricht aus Afghanistan erhalten hatte. Von nun an sagt er sich: Du mußt das Wort des Sohns befolgen.

*

Das Mädchen, das eine Religionsversicherung abschließen will, im Gespräch mit der zuständigen Agentin.

»Gibt es denn nicht auch eine Glaubensrichtung, die heißt: Gott ist überall? In der Natur, in den Felsen, in den Heuschrecken, selbst in der Kaffeemühle.«

»Ja, gibt es, gibt es natürlich. Mehr als genug. Ich nenne nur die Hylozoisten. Aber wir vertreten diese Richtungen nicht. Unser Spektrum beschränkt sich auf die Christen, die Shivaisten, im speziellen dann auf die Adventisten, die Methodisten ...«

»Nicht Christen! Nicht Pantheisten! Nichts Vulgäres. Nicht Ketzer, Untergrund, Esoteriker, nicht sowas.«

»Tja, was wollen Sie denn? Da gibt es noch die Amalrikaner. Die Scharfsinnigen. Gott ist in jedem von uns. Aber die vertreten wir eigentlich auch nicht.«

»Einen hieb- und stichfesten Glauben wider den Freigeist will ich!«

*

Eine Frau, deren Ehrgeiz unverkennbar ist, wenn sie beim Gehen mit erhöhter Ferse den Fuß über den Ballen abrollt, eine mit gehemmtem Stolz Stolzierende. Wahrscheinlich hatte sie nie ihren Intellekt mit ihrer körperlichen Allüre abgeglichen, in Übereinstimmung gebracht. Wie wir alle war sie als Wissende nicht souverän. Der Mund, die Lippen werden geschürzt, spitz gerundet, gleich werden sie formulieren, einen kleinen Ring bilden, durch den der dicke Gedanke sich zwängen muß.

Gleichwohl erschien sie bei genauerer Beachtung als die Souveräne ihres Blicks, ihres Gangs, ihrer Glieder und Gliedergelenke. Erst ihre Worte erzeugten eine Stimmung von Unsicherheit, da ihr beinahe jede entschlossene Äußerung unwillkürlich ins Ironische und von dort ins Doppeldeutige verrutschte, indem nämlich ein geheimnisvolles, scheinbar gezieltes, in Wahrheit unkontrolliertes Entgleiten der Worte Macht über die Zunge gewann. Auch eine rein aufs Berufliche gemünzte Bemerkung verlor ihre Nüchternheit und bekam einen leicht anzüglichen Nebensinn:

»Ich habe zuviel Kraft, bin nicht ausgelastet, daher meine Flatterbrünste.«

Als hielte er die kantige Sentenz schon seit längerem bereit, sagte ein Kollege auf einmal ziemlich harsch:

»Die Manier des Verführers, das Verführen selbst ist dem Gewaltakt der Desillusion, einer brutalen Theorie der Geschlechtergleiche zum Opfer gefallen. Eine einzige übermütige *Revision* wäre phantastischer als jede Vision!«

»Sie müssen es ja wissen«, flachste darauf Anelke; das war ihr hübscher Name. Anelke stammte vom griechischen *anelkein*, empor- oder herbeiziehen. Und indem sie sich umdrehte, stand auf einmal ein Friedrich in der Tür. Er starrte sie an, hohl und fahl wie ein Auferstandener, der einem Menschen mit schlechtem Gewissen erscheint.

Darauf sagte jetzt Anelke zu ihm mit einem ironischen Seufzer: »Mein Liebling kam zurück! Er stolperte herbei über das Pflaster der Katzenköpfe ... !«

Als wäre Friedrich ihr Sorgenkind unter den vielen Verflossenen, die sie aus beliebiger Ferne und Vergangenheit an- und herbeizog und über holprige Wege zu sich zurücklenkte. Anelke! Friedrich aber war einer der wenigen, der seinen Heimweg nicht heil überstanden hatte.

Aus ihm war Friedrich der Zerstreute geworden. Einer, der die Stimme nie erhob, immer nur murmelte, vor sich hin sprach, auch als er noch mit ihr redete, da ihm die Mühle im Kopf, das Gedanken-Mahlwerk alles Ganze zerkleinerte, zu Streu und Pulver zerrieb, bevor er's auf die Zunge brachte. Und wieder rieselte ihm das Wörter-Mehl nach unten weg, wie aus einem Sack, der einen Schlitz hat, und irgendwann, wenn sie ihn nicht bald küßte, würde er leer sein, ausgelaufen, und aller Stoff von Herz und Hirn verronnen.

Auf einmal aber rief er verzweifelt aus: »Warum machst du aus mir einen, der bereits sein Leben ausstreut, wie man Asche aus der Urne ins Meer streut?«

*

Während ich früh, in aller Herrgottsfrühe aufstehe, sagt er, meine Frau aber, so viel jünger, bis in die Puppen schläft, faul wie – da fehlt mir der treffende Vergleich.

Faul wie die Sünde, ergänzt nüchtern seine Kollegin.

ER Faul wie die Sünde. Ausgerechnet Sie sagen das. Was ist an der Sünde faul? Wer sündigt, tut etwas, der ist nicht faul.

SIE Aber man sagt doch: Wer schläft, sündigt nicht.

ER Heißt im Umkehrschluß: Wer sündigt, schläft nicht. Und wer kräftig gesündigt hat, schläft den Schlaf des Gerechten.

SIE Das sagen Sie. Es ist eine Sünde, faul zu sein.

ER Die Sünde selbst ist hingegen nicht faul.

SIE Aber bis in die Puppen –

ER Sehen Sie, das ist es ja, was einen so aufregt. Bis in die Puppen!

SIE Wieviel Uhr ist denn: bis in die Puppen?

ER Bloß eine Redewendung. In Berlin, die Puppen, rund um den Großen Stern, Statuen, von weitem gesehen eben Puppen, weit weg, lange hin etc. Mehr heißt das nicht. Ich falle Ihnen jetzt in Ihren schönen Rücken, wenn ich sage –

SIE Letztlich nur noch Sprüche, Redewendungen, Gemeinplätze und Floskeln. An ernste Worte kommt man gar nicht ran. Schiebt sich immer irgendeine Redewendung davor.

ER Etwa wie folgt: Wenn Sie sich umziehen, da möchte ich das Mäuslein sein … Moment! Heißt es nicht: da möchte ich das Mäuslein *spielen*?

SIE Wie wollen *Sie* denn ein Mäuslein – spielen? Entweder Sie sind eins oder Sie sehen nichts von mir.

ER Man denkt unwillkürlich, na wie damals, im Umkleideraum der Mädchen, damals, beim Turnunterricht.

SIE Ich hingegen denke an eine Konferenz, bei der wichtige Entscheidungen fallen, die auch meine Arbeit betreffen. Leider bin ich nicht zugelassen, aber wenn ich ein Mäuslein wäre, könnte ich was Nützliches erfahren bei der Konferenz.

*

Wenn tausend Leute auf mich warteten vor einem leeren Podium, das für meinen Auftritt bereitet wäre, so säße ich andächtig unter ihnen und vergäße von Herzen, daß ich selbst mit allen anderen auf mich wartete.

*

In seinem Büro, in dem keinerlei Arbeit anfällt, in dem er nur sitzt und weilt, in dem niemand anruft, in dem kein Anruf vom Vorraum der Sekretärin zu ihm durchgestellt wird; wo seine gefalteten Hände auf der Tischplatte liegen und sein Blick auf dem Foto seiner Frau ruht, die ihn nicht mehr liebt. Nebenan das Blättern der Sekretärin, die nichts zu tun hat und sich jeden Morgen einen Schwung neuer Rätselhefte mitbringt …

›Heute wird der einzige Mensch, den du sprichst, der Bausparkassenvertreter sein, mit dem du die Umschuldung deines Hauses durchrechnest.‹ Sein Blick schweift über die Silhouette der Stadt, in der überall gearbeitet wird. Sein Büro im 17. Stock eines Vorstadt-Hochhauses hat Panoramafenster, mit Jalousien bedeckt, nach zwei Seiten: Norden und Osten. Wie unwirklich ist dies alles! Nur gelebt zu haben, um einen Posten zu versehen, den man gar nicht mehr ausfüllen kann! Nur gelebt zu haben, um fuderweis Kaffee zu trinken! Sein Amt prüft Versorgungsansprüche, Lastenausgleichsverfahren, die aus den Kriegsfolgen von 1870/71 entstanden und bis heute nicht aufgearbeitet wurden. Kaum zu glauben, aber nur eines der Mysterien der Großen Bürokratie, die über Reiche und Kriege, über Revolutionen und Katastrophen hin ihre unerschütterliche Ordnung ausbreitet und dabei auch diese unsinnige, tote Stelle in ihrem Hyperorganismus erhält.

Wahrscheinlich ist sie einfach übersehen worden, als man verschiedentlich daranging, Strukturen zu straffen und Posten zu streichen. Eine Überlebensnische läßt sie sich kaum nennen, eher eine Art Ehrenmal für die Opfer eines halbvergessenen Kriegs. Eine Art Totenwache für eine große vaterländische Empfindung, die nun in den Urnen dieser Akten bewahrt wird. Eine fossile Stelle. Die, wie ihr scheinbar von allen Behörden übersehener Verwalter zuweilen argwöhnt, wahrscheinlich aus geheimdienstlichen Gründen unterhalten wird, denn hier bietet eine Operationsbasis sich an, die praktisch unauffindbar ist und auch an keinerlei Datenstrom angeschlossen: staubtrocken.

*

Inertia hieß sie, das ist lateinisch: *die Trägheit.* Ihre Trägheit war ihr heilig und unantastbar. Man konnte sie nur selten sprechen hören. *Alles Sprechbare ist mir unaussprechlich.* Doch hin und wieder gab es jemanden, den es reizte, diese Frau in all ihrer anmaßenden Fremdheit »anzusprechen«. Er machte wie jeder andere die Erfahrung, daß Inertias *Das-da* (ihr Synonym für sich selbst) von jedweder Berührung unberührt blieb.

Gerade recht kam ihr da jemand, der wollte sie, wollte Das-da einmal »meta-physisch« berühren. Nach den neuesten Netz-Empfehlungen ihren Körper oberhalb von Haut und Poren liebkosen und genießen. Ein metaphysischer Liebhaber kennt sich mit den üblichen Handgriffen nicht aus, ist dafür umso empfänglicher für Strahlungen und Schwingungen.

Zum Abschied sagte er: Man wird dich aussetzen unter der Fichten strotzende Dunkelheit. Man wird dich aussetzen einem abgründigen Begreifen.

Dann wirst du sprechen wie jemand, der niemals einen Früheren sprechen hörte.

*

Das zerfallende Imperium des hochbegabten Kinds. Sein späteres Unglück: daß ihm zu früh zuviel zu leicht fiel. Beinah gleichzeitig studierte er als Historiker, Ethnologe, Physiker und Altamerikanist. Die schwierigsten Fächer und Stoffe im Handstreich erobert, nirgends hängengeblieben, nie sich verheddert oder verstrickt.

Mit dreiundfünfzig verlor er seinen Lehrstuhl für Bibliothekswissenschaften in Greifswald. Er hatte die einst konfiszierten Fluchtbibliotheken sortiert und den Volksbüchereien einverleibt. Das gefiel nicht. Die Prüfer schickten ihn in den Vorruhestand. Manchmal, so erzählt ein Student, »lichtert« es noch aus ihm hervor. Dann ergeht er sich in hochgestimmten Abschweifungen, Ausfällen gegen analytische Sprachwissenschaft und andere »Pragmatisten« westlicher Schulen. Kleine Ekstasen einer beiseite geschickten Autorität, ein Aufbäumen des nie verwirklichten kindlichen Genies.

Der Glücksentwöhnte ist nun Bewohner des letzten Hauses am Dorfrand. Hinter der Wildhecke von Liguster, Ahorn und Haselnuß bleibt er verborgen, und beim Vorübergehen hört man zuweilen sein nervöses Hüsteln. Man erzählt sich im Dorf, wie er vor Jahren das letzte Mal hinunterging zur Anlegestelle am See und mit der Frau des schäbigen Bootverleihers was hatte, heute eine schrullige Matrone in überweiten Jeans, die Schenkel weich wie Mus. »Oben bei euch«, sagt sie manchmal zu einem Neuzugezogenen, »wohnt doch so ein Schriftsteller, schreibt viel über unsere Gegend, sprachlich sehr interessant, ein verschlossener Mann.« *Schriftsteller* ausgesprochen wie Steinmetz, Holzhauer. »Sprachlich sehr interessant«: Fremdbestand, nachgeplappert. *Ein verschlossener Mann* ... Wie mag das eine Mal, da er sie besuchte, für sie gewesen sein? Jedenfalls hatte sie eine falsche Erinnerung an ihn, er war nie ein Schriftsteller gewesen und hatte auch über die Gegend nichts veröffentlicht.

Üppig hängt ihr das Fettpolster von den runden Schultern und scheint dem Körper, den der verschlossene Mann einst besuchte, jede feste Kontur zu nehmen. Wahrscheinlich besaß sie keine persönliche (oder gar sentimentale) Erinnerung mehr an den Besuch, sondern dachte nur im vagen und allgemeinen an »sowas« ...

»Ja, als wir alle noch etwas mehr Figur hatten, da kam sowas vor, mußte doch sein, gehörte zum Vergnügen.« Das schließt den Besuch des Kauzes wohl ein, den einzigen im übrigen, den er in der Gegend einer Frau abstattete und mit dem er sich wochenlang in Gedanken gequält hatte, bevor er schließlich die Eschenallee hinunterfuhr auf dem Holperpflaster, mittags, als ihre Kinder noch in der Schule waren, der Mann auf der Arbeit, wie er wußte, und die Großmutter die Boote säuberte. Da sie nebenbei einen bescheidenen Gemüseanbau betrieb, hatte er sich zum Vorwand genommen, zwei Zentner Frühkartoffeln bei ihr zu kaufen (die er anschließend auch erwarb und mit dem Fahrrad umständlich nach Hause transportierte).

Er war ihr also in den Speisekeller gefolgt und hatte plötzlich, als sie sich umdrehte, um die Kellertreppe wieder hinaufzusteigen, den Arm in den Türrahmen gestemmt. Dabei sah er sie bleich und finster an, erschrocken und unerschrocken im ganzen Gesicht, so daß sie sich einen Augenblick vor einem Verbrechen fürchtete, aber dann mußte sie lachen, lachte ziemlich unverschämt und nahm ihn einfach über sich, als wollte sie ihn forttragen.

*

Sie suchte zu schlafloser Stunde in der Erinnerung nach einem Selbstporträt, das sie in guter Haltung zeigte. Auf dem Bild, das ihr am meisten einleuchtete, stand sie allein auf dem Mittelgang einer Tribüne bei einem Pferderennen. Aufrecht und angespannt verfolgte sie ihren Favoriten. »Das war meine bestmögliche Haltung, mein bestmögliches Gesicht. Mehr Figur konnte ich in diesem Leben nicht machen.«

*

Wir fuhren im Überlandbus von Schwerin nach Aachen. Claire und ich, vom Urlaub auf der Insel Rügen zurückgekehrt, waren gleichsam über Nacht zu Liebhabern des Dressurreitens geworden und ließen kein renommiertes Reit-und Springturnier in Deutschland aus. Ich saß also neben meiner Frau, die in einer Reitsportzeitschrift blätterte. Hinter mir Dinah, die wenige Wochen nach dem schmählichen Abschied auf Schloß Zehl wieder heimlich meine Nähe suchte, nachdem sie den qualvollen Schikanen ihres verabschiedeten Galans entflohen war, nun *endgültig*, wie sie betonte.

Ich bog den Oberkörper zurück, drehte den Kopf ein wenig seitlich über die Kopfstütze hinaus, und Dinah rückte auf ihrem Sitz so weit vor, daß ihr Mund nahe an mein Ohr kam. Sie hatte zuvor kurz mit den Fingerspitzen meine Nackenhaare berührt, als Zeichen, daß ich mich zu ihr wenden möge. Ihr Finger strich zart, ohne daß meine Frau es hätte bemerken können, an meiner Kinnlade entlang, umfuhr das Ohr und glitt in seine Muschel. Dann umfaßte ihre Hand fest meinen Nacken und sie flüsterte: »Dein Haar wächst wieder sehr schnell ...« Die alberne Bemerkung war in Wahrheit ein Codewort, mit dem sie an die aufreizende Devotheit erinnerte, ihr Liebesspiel auf Knien, mit dem sie mich während des kurzen Besuchs einer Raststätte erfreute.

Es war mir ein Bedürfnis, auch neben Claire die körperliche Vertrautheit mit Dinah nicht verbergen zu müssen. Es bestand ja kein Zweifel, daß sie der guterzogenen Vertrautheit unserer Freundschaftsehe keinerlei Abbruch täte. Aber vielleicht würde sie dennoch bei irgendeiner Gelegenheit eine spitze Bemerkung machen, mir einen kleinen Hieb versetzen, etwas Unduldsamkeit zeigen, das wäre auch alles, was ich zu befürchten hatte. Nein, ich fürchtete dergleichen nicht: ich wollte, ich wünschte es. Ich sehnte mich danach, von meiner Frau ein einziges Mal diesen zischelnden Ton von Bitternis und Verhärmung zu hören: Das war das eine, was ich begehrte, als Dinahs Mund jetzt an meinem Hals atmete.

Claire jedoch, als hätte sie niemals etwas von unseren Heimlichkeiten bemerkt, ließ jede Reaktion vermissen.

Das andere, zu diesem Zeitpunkt noch reizvollere Motiv war, daß eine Frau, die neben Dinah im Bus saß, eine Rotblonde mit wachem, strengen Gesicht, mich bei den Vertraulichkeiten beobachtete, die ich mit einer Frau unterhielt, die schräg hinter der meinen saß. Diese neben Dinah Reisende, hochgewachsen und schlank, hatte, wenn sich unsere Blicke trafen, jedesmal angenehm gelächelt. Ein Lächeln, als ob sie mich an Worte erinnern wollte, die wir irgendwann einmal, in grauer Vorzeit, gewechselt hatten, so mutete es an.

Davon war mir allerdings nichts bewußt. In meinem, was die Begegnungen mit Menschen betrifft, zuverlässigen Gedächtnis existierte die Hochgewachsene nicht. Ihr mir kaum deutbares Lächeln hatte womöglich auch einen bannenden Zug: als sollte es das erste zwischen uns mögliche Wort bereits auf den Lippen ersterben lassen. So war es gewissermaßen ein abschließendes und keineswegs eröffnendes Lächeln. Dies angenehme Lächeln siehst du von mir, um nichts weiter je von mir zu erfahren. Dennoch wurden ihre großen graublauen Augen nicht gesenkt, und sie sah mich geradeheraus an. Es zeigte mir, sie verstand meine Lage, ließ aber kein Wort zwischen uns zu. Sie antwortete auch nicht mit der geringsten Reaktion, wenn ich einmal eine Frage an Dinah richtete und dabei den Blick auf die neben ihr Reisende richtete: Ob wir nicht befürchten müßten, daß der Busfahrer inzwischen gefährlich *übermüdet* sei?

Ich versuchte nun, mit Gespür Kontakt zur Rotblonden zu halten. Während Dinah, die Ahnungslose, bei ihren Spielereien in meinem Nacken die Abkühlung meiner Empfindungen noch nicht mitbekommen hatte, unsere »gewohnten Liebkosungen« also fortsetzte und es ihr mit einiger Verrenkung sogar gelang, mir einen Kuß unter die Kinnlade zu setzen. Ich spürte dabei, ohne es zu sehen, wie die neben ihr Reisende den Kopf abwandte und aus dem Fenster sah, als verstimmte sie unser Getechtle.

Sieh an! Sie hatte nun doch reagiert. Ich wußte nicht, ob im Bus weiter hinten noch jemand saß, der zu ihr gehörte und der durch irgendwelche Umstände nicht neben ihr Platz gefunden hatte – oder vielleicht auch gar nicht finden wollte, weil es wiederum eine dritte Person gab, neben der er zeitweilig zu sitzen wünschte. Man merkt es ja an einem unwillkürlichen Zurückblicken, etwa bei einem plötzlichen, alle betreffenden

Zwischenfall auf der Strecke oder einer allgemeines Stirnrunzeln hervorrufenden Durchsage des Reiseleiters oder Busfahrers, dies unwillkürliche Kontakt-Suchen rückwärts mit einem zugehörigen Menschen, das vielleicht nur in einer geringfügigen Schulterwendung zum Ausdruck kommt. Man merkt also in jedem Fall, ob sich jemand zu einem im hinteren Teil eines Busses sitzenden Menschen ausrichtet. Davon bei der Hochgewachsenen nach meinem Empfinden keine Spur.

Dann war es so, daß Dinah plötzlich das Bedürfnis hatte, sich mit meiner Frau zu unterhalten und sich neben sie zu setzen. Die beiden kannten sich ja von den Turniertribünen, ohne daß ich Dinah ihr je vorgestellt oder mir etwas von unserem Verhältnis hätte anmerken lassen. Jedenfalls tat Claire, als besäße sie nicht den Schatten eines Verdachts, während ich gleichzeitig den Eindruck hatte, daß es Dinah mit ihrem Platzwechsel urplötzlich ernst mit uns sei. Das bewies mir ihre fatale Fehleinschätzung meiner gegenwärtigen Haltung zu ihr. Sie beteuerte, während wir die Plätze tauschten, auf meine vorsichtgebietende Geste hin, daß sie sich Claire keineswegs erklären wolle, sondern sich lediglich zu einem beiläufigen Gespräch neben sie setze.

Ich dachte an die chemotaktischen Verbindungen unter Ameisen, die nicht steuerbaren Begegnungen zum Austausch von Nahrung und Nachrichten über Nahrungsquellen. Ähnlich können zwischen Menschen gestische Informationen die Rolle von Nahrungs-Nachrichten spielen, jedenfalls unter halbwegs wachsamen, ihre Sinne fleißig wie die Ameisen beschäftigenden Menschen. Wie anders sollte denn eine einzige, in eine bestimmte Richtung abgegebene Gebärde der Zärtlichkeit zu einem in ganz anderer Richtung befindlichen Ziel führen?

Dinah und ich tauschten die Plätze. Ich entschuldigte mich bei der nun neben mir Reisenden für meine abrupte Nachbarschaft. Keine Reaktion. Sie sah aus dem Busfenster und spreizte Zeige- und Mittelfinger zwischen Lippe und Wange. Ich schämte mich, daß ich eben noch auf die Wachsamkeit der Sinne spekuliert hatte und selber offenbar verhornte besaß. Ihre Knie standen unter dem kurzen Rock etwas auseinander, wie im Schlaf auseinandergefallen, in einer nachlässigen oder halblasziven Stellung, je nachdem, ob man sie für selbstvergessen oder im Gegenteil für absichtsvoll hielt. Die Hochgewachsene streifte ihren Rock auch nicht nach, stellte die Beine nicht zusammen, nachdem ich neben ihr Platz genommen hatte. Mir kam der Gedanke, es möge ihr vielleicht beschwerlich sein, so eng zu sitzen mit geschlossenen Knien, und sie lasse die langen Beine nur deshalb aufgeklappt, um sich auf der Fahrt etwas Bequemlichkeit zu verschaffen. Dennoch verwirrte mich der Kontrast – die schöne Strenge in der oberen Hälfte, aufrecht zum Fenster gewandt, darunter der Rumpf mit den schief geöffneten Beinen, dem verrutschten Rock und dem nackten Fuß im umgekippten Halbschuh. Ich versuchte nun meine Blicke zurückzuhalten und mich zu lösen von dem, was ich heimlich betrachtet hatte.

Doch die mitteilsame Beinstellung schien mir inzwischen Vorhaltungen zu machen, daß ich sie, mir so dargeboten, nicht mit ein wenig Phantasie ausschmückte. Und tatsachlich glaubte ich jetzt am rechten Unterschenkel ein leichtes Zucken der Ungeduld zu beobachten ... Ach! Und dann ... jetzt erst! ... endlich, wie peinlich lange hatte ich gebraucht, um es zu bemerken! Ein großer kugelrunder Tropfen – Schweiß? – rann über die seitliche Mulde ihres Knies, erreichte die obere Wade und wäre von dort schnell über die glatte Haut abwärtsgerollt, wenn ich nicht in diesem Augenblick das Gefühl für Dinahs Fingerspitze in meiner Ohrmuschel mir wachgerufen und in die eigene Fingerspitze übertragen hätte, um damit nun den vollen Tropfen aufzuhalten …

Es war ihrerseits das Gewähren eines Anfangs! Doch sie sah mich nicht an, sie wandte ihr Gesicht nicht vom Fenster, als ich mich, so weit wie möglich, zu ihr beugte, mich bückte und mit Geduld diesen runden Tropfen langsam und vorsichtig zurückrollte auf seiner Waden-Bahn. Merkwürdig aber, daß er fest wie eine Perle blieb, als er vom Nagel meines mittleren Fingers geschoben wurde, unendlich behutsam zurück über die dünne Haut des Knies und weiter hinauf über die nun wirklich zitternde, sich verhärtende Wange ihres Oberschenkels. Mein Finger glich dem fleißigen Insekt, das um alles in der Welt seine Transportarbeit vollbringen muß, ohne seine Beute zu zerstören. Und das gelang mir. Es wäre mir sogar gelungen, den Tropfen bis ins tiefere Dunkle hinaufzurollen, aber ich brach ab vor dem aufgeworfenen Rocksaum, balancierte den Tropfen auf dem Finger wie der Zirkus-Delphin den Ball auf seiner Schnauze. In diesem Augenblick löste die Mitreisende ihren Blick vom Fenster, sie sah mich mit einem auf einmal barschen Lächeln an und mit weiten saugenden Augen; unter diesem Blick bemerkte ich, daß auf ihrer Stirn viele solcher »Tropfen« standen. Sie sahen aus wie durchsichtige Warzen. Das Sekret schien sich auf ihrer Haut zu festen Kügelchen zu verdichten. Unwillkürlich hob ich die Hand und wischte sanft über ihre Stirn. Da war die ganze Hand voll glitzernder Perlen. Im selben Moment wandte sich meine Frau zu mir um, und ich hörte endlich – endlich den Ton leiser Gekränktheit, den Ton schmerzlicher Ironie, nach dem ich mich so lange gesehnt hatte. Sie fragte, ob sie mir vielleicht meine Lesebrille rüberreichen solle, für den Fall, daß ich die Poren anderer Mitreisender noch genauer zu studieren wünschte. Ich zitterte vor Glück über diesen ersten, noch so bescheidenen Anflug von Eifersucht. Die Hochgewachsene neben mir riß das Kinn empor, als wäre sie von einem Backenstreich getroffen. Fliehst du? Oder sinkst du zu mir in meinen Nebel? Die Macht der von mir Leichtberührten zog noch einmal kräftig an.

Kurz darauf brach sie den Kontakt ab. Sie stellte ihre ganze romanhafte Sphäre ab, als wäre diese bloß eine elektrische Beleuchtung gewesen. Sie schlug die langen Beine übereinander, rückte den Rock zurecht. Alles war vorüber. Ich erhob mich und tauschte mit Dinah den Platz, so daß ich für den Rest der Fahrt wieder neben meiner Frau saß.

Die Handvoll Warzen oder Silikonschweißperlen ließ ich auf Dinahs Sitz liegen. Sollte sie sehen, was sie damit anfing.

*

Nach einem halben Jahr war sie aus Argentinien zurückgekehrt, wo sie bei ihrer Schwester Zuflucht gefunden hatte – in der leisen Hoffnung, dort bis ans Ende ihrer Tage bleiben und besser leben zu können. Aber es war schiefgegangen. Es hatte irgendeinen aberwitzigen Vorfall gegeben, und sie sah sich gezwungen, alle Pläne zu ändern. Sie war zurückgekommen, tieftraurig über den Vorfall, nicht eigentlich erschüttert, sondern nur so traurig, daß sie über die ganze Reise Stillschweigen bewahrte. Der Mann aber, vor dem sie geflohen war, obwohl sie ihn liebte, verband sich aufs neue mit ihr. Vorher ein elender Wüterich, war er inzwischen zum verbissenen Fragensteller geworden, der geradezu eine Sucht entwickelte, das Geheimnis ihrer Traurigkeit zu lüften.

»Hast du es endlich herausbekommen?« fragte sie ihn eines Morgens, auf ihrem Krankenbett, schwach lächelnd schon, denn seit vielen Nächten saß der ehemalige Wüterich stumm bei ihr Wache. Oder besser gesagt, er saß da, um ihre Fieberträume auszuhorchen. Doch nun fragte er nicht mehr. Vielleicht hatte sie den Vorfall im Fieber preisgegeben? Der Mann schien nun ebenso traurig wie sie und in dieser Stille waren sie noch einmal vereint. Aber das war ihr schon gleichgültig geworden.

*

In Bethel, wo Jonas, der Sohn, vor einigen Jahren ein Sozialpraktikum absolvierte, gab es einen Greis, der frühmorgens um sechs sich in seinen Rollstuhl setzte und auf den Weg machte zum Aufzug, um dort jemanden zu erwarten. Den ganzen Tag über wartete er und zerstreute sich mit den vielen, die ohne von ihm erwartet zu werden, aus dem Aufzug stiegen. Erst abends um sechs verließ er seinen Posten und kehrte auf sein Zimmer zurück. Nicht eigentlich unglücklich darüber, daß der Erwartete wieder einmal nicht eingetroffen war. Denn wen hätte er dann am nächsten Tag zu erwarten gehabt?

Davon erzählte der Sohn, als sein Vater wieder einmal lamentierte, er habe wohl niemanden je getroffen, der so auf sich gestellt hause wie er, vergessen von Frau und Freunden.

Doch, entgegnete der Sohn, ich habe jemanden getroffen, der noch einsamer war als du. Und er erzählte von Bethel und dem Aufzugwarter. Er kam nicht darauf, daß sein Vater, der restliche Mann, sich einer solchen Gestalt längst inbegriffen fühlte.

Es wird dir vielleicht im Gedächtnis bleiben, mein Junge …

Non omnis moriar, not all of me will die, eine Luftbewegung bleibt bestimmt von mir zurück … Wer träumte nicht davon, vom Erdboden zu verschwinden, indem er sich in Luft auflöst? Aerifizierung bei lebendigem Leib und wacher Seele, so daß er sich selbst vom Boden aufsteigen spürt und Luft werden unter Lüften. Das Grauen vor dem Tod ist zuvörderst ein Grauen vor dem Einschluß in den Sarg oder Feuerkasten. Gäbe es stattdessen ein Ende mit restloser Auflösung in Äther und Wind, von der alles Leben träumt, so wäre die Todesangst von der Welt vertrieben ….

*

Am Abend wieder ›Stechlin‹. Wie man das spätere Leben doch am besten verplaudert. Sofern sich die geeignete Gesellschaft findet wie in Fontanes Alterswerk. Was für gegensätzliche Ansichten! Die einen schonend geäußert, die anderen verletzend. »Wörter sind Kinderklappern.«

Man habe ihn schon einen »Causeur« genannt, sagt der alte Stechlin – und eigentlich hört nur das Plaudern auf, sonst tut sich der Tod nicht besonders dicke. Aber das endgültige Verstummen ist bei einem Plauderer weit ergreifender als bei einer muckschen oder maulfaulen Natur.

Alles geht so weiter, geht eben so und sättigt sich mit Bedeutungslosigkeit. Vieles macht Freude. Und so dümpelt man im Geplätscher der Stunden dahin.

Du hast so viel vertan, wie du getan hast.

*

Auch in Gleichheim war sein Projekt nicht auf Gegenliebe gestoßen. Fontänist nannte er sich: Erfinder einer transportablen Anlage für »neuartige« Wasserspiele zur Verwendung auf Sommerfesten und in Parks. Bildhauer von Aqua-Skulpturen. Er lag in seinem Bett in einer billigen Pension in Gleichheim. Aber die Anlage konnte ja auch als einfache Bewässerungtechnik für öffentliche Rasenflächen benutzt werden ... Es war verdammt schwer, Gemeindevertreter vom Nutzen, von den vielen Einsatzmöglichkeiten seiner transportablen Anlage zu überzeugen, es war beinah aussichtslos. Er stand auf und prüfte in seinem Zimmer belanglose Dinge auf ihre Funktion. Es reizte ihn auf einmal, alles zu kontrollieren. Die Scharniere der Schranktüren, die verschmutzte Unterseite des Nachttischs. Die Dralon-Vorhänge mit gerissenen Ösen. Eine Bestandsaufnahme der materiellen Schäbigkeit, die ihn umgab. Das Abgewrackte, Heruntergekommene seiner Herberge. Die Ekelflecken auf dem Bettvorleger. Der gefaltete Plastikschirm der Nachttischlampe, angesengt von zu großer Glühbirne der alten Art. Die Feuchtigkeit in der Wand und ihre dunklen Abdrücke auf der schmutzigen Tapete. Der Ekel trieb ihm Tränen in die Augen. Es war wieder nichts. Kein Auftrag, nicht mal ein Vertrösten auf ein nächstes Mal, wenn die Gemeinde es sich wieder leisten könne, ein Sommerfest auszustatten. Ralf Bergmann, einst der Klassenkamerad, hatte seine erste Million mit Klingeltönen gemacht!

*

Der Mann, der im Ruf stand, einen messerscharfen Verstand zu besitzen, machte sich diesen Ruf zu eigen und war fortan selbst davon überzeugt, einen messerscharfen Verstand zu besitzen. Es konnte nun sein, daß sein Verstand, der, einmal ohne Ruf betrachtet, allenfalls ordentlich, doch keineswegs außerordentlich funktionierte, durch Selbstbestätigung tatsächlich einen Sprung nach vorne machte, was wiederum seinen Ruf um ein weiteres bekräftigen würde, so daß zwischen Ruf und ihm selbst keine große Lücke mehr klaffte. Es konnte aber genausogut sein, daß er wie ein Werbestratege sich um Erhalt und Verbreitung seines Rufs bemühte, wozu er keinen messerscharfen Verstand benötigte, so daß dieser schnell außer Übung kommen mußte. Tatsächlich konnte aber dieses gegenseitige Aufschaukeln von Ruf und dem Ruf Entsprechen kaum je zu einem überzeugenden Ausgleich finden.

*

Oft wußte sie nicht, wovon er spricht. Sie kannte alle Ausdrücke, alle Floskeln, das gesamte Mitteilungsfeld seiner Rede, einschließlich seiner verdeckten Absichten, war ihr verständlich – und doch wußte sie nicht, wovon er sprach.

Er erwähnte den Besuch eines Vertreters seiner Standesorganisation, verlor sich sogleich in der Schilderung skurriler Eigenarten dieses Mannes. Dabei ließ er durchblicken, daß man den Mann wegen ungeheurer Verfehlungen demnächst aus der Organisation entfernen werde, obgleich es sich bei seinen angeblichen Verfehlungen nachweislich um plumpe Versäumnisse vonseiten der Organisation handelte. Problem und Sorge seiner Berichte traten ihr, seiner Beherbergerin, im ersten Moment klar umrissen vor Augen, um im nächsten in einem Wust von Abschweifungen und belanglosen Einzelheiten unterzugehen. Es schien ihr, daß er den Sinn seiner erregten Rede zuweilen selbst bezweifelte, nur um sie kurz darauf aus nächster Nähe mit einem erstickten Aufschrei zu erschrecken. Es war, als ob mit denselben Worten eine jeweils gegenteilige Aussage hin und her wehte wie ein frischgewaschenes Bettlaken an der Leine im Wind.

Außerdem sprach er des öfteren zu seiner Wirtin, als wäre sie selbst der Vertreter der Standesorganisation, etwa in der Art: »Und ich versichere Ihnen, Sie werden mich nicht dazu bringen, ein Schuldbekenntnis abzulegen.« Als holte er mit ihr nach, was er beim Besuch des Mittelsmanns mangels Geistesgegenwart zu sagen versäumt hatte.

Er verwickelte sie buchstäblich in eine Art Rollenspiel, bei dem sie aber nicht viel mehr an Reaktionen zeigte als ein kurzes Kopfnicken und ein gelegentliches Glucksen der beipflichtenden Empörung.

Plötzlich, in einer scharfen Wendung, war sie leibhaftig sein Gegenspieler – und ebenso plötzlich stieg er aus seiner Rolle aus und wechselte in den Ton des Verzagens und der Selbstbezichtigung, woraufhin natürlich die Angespielte wiederum die Verkörperung des Kontrahenten vernachlässigte.

Auf diese Weise herausgefordert und wider Willen in die gegensätzlichste Mitleidenschaft gezogen, büßte sie Mal um Mal als sein Gegenüber an Standfestigkeit ein. Bisweilen hatte sie versucht, wenn er sie – »in effigie« – als den lästigen Verbandsvertreter traktierte, ihm als ein solcher Paroli zu bieten.

Sie sah durchaus nicht ein, weshalb ausgerechnet sie ihre geordnete Seele zur Verfügung stellen sollte, damit der bestürzte Mensch sich an ihr emporrichte. Die ernste Übung, seinen bohrenden Fragen, seinen schroffen Rechtfertigungen und dann wieder den kleinmütigen Selbstanklagen standzuhalten, war ihr nicht leichtgefallen. In ihrer Mitleidenschaft hatte sie bereits eine gehörige Portion seiner Schwäche übernommen. Als sein ausgestopfter Gegenspieler befand sie sich in genau der Verfassung, in der er seinen wirklichen Gegner gerne vor sich gehabt hätte: unsicher, verlegen, nachgiebig, verdattert. Und in genau dem Ton, im Ton eines von ihm ersehnten Schwächlings sagte sie dann stotternd auch den einen weit hergeholten Satz: »Ich weiß gar nicht, wovon Sie reden …«

Doch der Satz entsprach der Wahrheit, ganz gleich, auf welcher Ebene man ihn verstehen mochte.

Der Beherbergte sammelte sich, ging in kleinen Schritten vor seiner Wirtin auf und ab und holte dann zu einer unerbittlichen Selbstbetrachtung aus, offensichtlich einzig in der Erwartung, von der Angesprochenen die Lösung für das Rätsel seiner Existenz zu erhalten.

»Ich bin ein langsamer Mensch und einer ohne Punkt und Komma. Ein rastloser und ein zutiefst aufgehaltener Mensch. Ein armselig gekleideter und ein gut frisierter. Einer mit sanfter Stimme und grobem Zorn. Wie paßt ein solch auseinanderstrebendes Wesen, muß man sich fragen, auf ein und dasselbe Knochengerüst? Wie kann es, so geschniegelt und verkrümmt, geschmeidig und vereckt aufrecht durch die Menge gehen, hier und da sich beigesellen, Frauen küssen, Schuhe kaufen? Ich, der ich zu Kompromissen bereit bin buchstäblich auf Schritt und Tritt. Kompromisse! Meine Seligkeit! Gleichzeitig ein Mann, bei dem sich die Miene des Unbestechlichen immer stärker ausprägt. Oh nein, ich bin kein Heuchler, ich hinke nur. Bin aber nicht mit dem Teufel verwandt, sondern hinke in meiner Menschennatur. Ich schleppe einen Teil meines Wesens stets dem anderen hinterher …

Mein Geiz, meine Wutanfälle, meine Redseligkeit, meine Schüchternheit, meine Unüberblickbarkeit und die tiefe Kluft zwischen Kummer und Übermut. Ich bin nicht böse, nur ein hinkendes Unding von Mensch. Nicht Unmensch wohlgemerkt. Ein Unmensch, um möglichst unkenntlich zu bleiben, besäße im Gegensatz zu mir ein gewisses Maß an taktisch genutzter Liebenswürdigkeit. Ich hingegen bin so etwas wie ein Engel, dem man einen Mühlstein um den Hals gehängt hat! Es ist ein Übermaß an Unausgeglichenheit, das Sie an mir bemerken und bemängeln: zum einen die ganze Herzspärlichkeit in Form bitterer Skrupel, dann wieder eine Flut von großzügigen Unbedenklichkeiten.

Ja, wissen Sie überhaupt, was sich hinter dem banalen Ausdruck »Auf und ab« in Wahrheit abspielt? ... Ich?-mich?-bemeistern? Sie werden verstehen, daß diese Forderung ebenso absurd ist, als würden Sie der dreigestalten Chimära nahelegen, sich endlich zu entscheiden, ob sie Löwe, Ziege oder Schlange sein will. Ich suche meinen Meister, seitdem ich Erdenbürger bin. Den Meister des Rechten und Richtigen, der mich nur sacht zu berühren brauchte und schon wäre ich entkauert, entkrümmt und ententzweit. Ich, ich bin das Angebot, kein Zweifel, daß ich eine einzige Heraufbeschwörung des Rechten und Richtigen bin, so wie der restlos Verunglückte den Glücksbringer herbeilenkt, der vollkommen Ungestalte den genialen Gestalter. Für den Rest des Lebens heißt es Atem holen aus dem Abgrund der einen, der unerschöpflichen Frage. Wie konnte ich nach dem Unglück in die Dorfkneipe gehen, eine Flasche Schnaps kaufen und dennoch bis auf den heutigen Tag nicht der Unfallflucht überführt werden?

*

Die endgültige Bescheidung mit dem, wie es nun einmal gekommen ist ... Der kleine Laden zwischen Hochhäusern, eine Musikalienhandlung. Felix Arndt, der Besitzer. Seit 40 Jahren das Geschäft im schmalen Altbau zwischen zwei Mietskasernen. Im Schaufenster eine alte Posaune. Ausgelegt auch Noten von Pop-Musik, sonst vor allem Material von weniger bekannten Komponisten des 20.Jahrhunderts, Schreker, Korngold, Krenek. Dazu ein Komponist, mit dem er persönlich befreundet war: Wilhelm Killmayer. Einmal am Tag Besuch, nachmittags um vier, vom Kirchenchorleiter. Gewöhnlich sitzt er in einem Sessel neben der Ladentheke und liest. So in etwa. Mehr bist du nicht. Doch es genügt.

*

In der Zerstreutheit des Herzens stößt man auf den entlegensten Menschen, den man kaum kannte, einen aber, der von allen, die man bloß flüchtig streifte, als der freundlichste im Gedächtnis blieb.

Was mag wohl aus Ruij geworden sein, dem Sohn einer englischen Sportjournalistin, die ihren Job aufgab, einen Inder heiratete und Jahr für Jahr mit ihm auf den Weltmeeren segelte? Was hört man von Ruij, dem aus Vorsicht vor falschen Worten stotternden Jungen, der seinen Vater verlor auf einem Segeltörn vor Kap Horn, wo er auf den Wellen an Herzversagen starb? Und die Witwe zog mit ihrem Sohn nach Sardinien und baute ein altes Gemäuer aus. Bei ihr verbrachten wir unsere ersten Nächte auf der Insel, lange bevor wir dort selbst ansässig wurden, um, wie es manchmal geschieht, die beiden am selben Ort mit den Jahren aus den Augen zu verlieren. Und Ruij wurde der beste Schwimmer und Taucher der Gegend. Las eine Menge Bücher, vor allem über das Meer, und half seiner Mutter im Haus. Als er kein Kind mehr war, zog er nach London und studierte Meeresbiologie. So blieb er, vom Sportler zum Forscher geworden, immer am Meer. Ihn aufsuchen, Ruij, den freundlichsten von allen, den immer hilfsbereiten, nach ihm fahnden, falls sich die Spuren verlieren, und für kurz ihm das schwere Herz übergeben, nur für zwei Minuten es zu halten. Denn von allen, den bloß Gestreiften, kannte niemand besser das Meer.

*

Die Finger des inzwischen erblindeten Manns, die über das Gesicht der wiedergefundenen Jugendliebe tasten, die ihre Züge strafft, die Augen schließt, die Lippen ein wenig aufwirft in der Hoffnung, seine Hände fänden etwas von ihrem Aussehen in jenen glücklichen Tagen wieder.

*

Immerzu sah ich seinen muskulösen Hals und dachte, wie kann ein so kräftiger Hals soviel dünnen Unsinn ausgießen? Wie kann jemand, ein Filmunterproduzent, Auge in Auge mit mir, derart schamlos angeben? Vermag ich denn gar nichts über ihn? Hat er denn keinerlei Respekt vor meiner Menschenkenntnis? Ich nahm es hin als einen Akt umständlicher Beleidigung … »John River, Ihnen ein Begriff? Ja, genau der, amtierender amerikanischer Verteidigungsminister, ich lernte ihn bei Oliver Stone kennen, inzwischen haben wir viele Briefe gewechselt, übrigens ein ausgezeichneter Eliot-Kenner. Ich begleite ihn regelmäßig, wenn er nach Europa kommt. Ich kenn mich im Grunde in der römischen Geschichte besser aus als in der deutschen. Der Zerfall des Römischen Reichs ist unter anderem darauf zurückzuführen, daß die Armee nicht mehr überwiegend von römischen Führern befohlen wurde. John, wie ist das heute? Und er macht mir klar: Das einzige, was unsere Macht erhält, die Macht der weißen Amerikaner, werden unsere Elitecorps, wird die Ordnungskraft der Armee sein. Frauen? Gut. Aber nur für die Öffentlichkeit. Nur für die Front political correctness, da sind sie immer dabei. Die combatant units können keine Frauen gebrauchen. Also machen wir das schon in der Ausbildung klar. Wir fliegen in Westpoint über die Zwölftausend-Meter-Grenze und schmeißen Männer und Frauen aus dem Flugzeug. Tausend Meter vor Bodenberührung dürfen sie den Fallschirm ziehen. Zwei von den Weibern sind dabei ins Meer geklatscht. Die Frage der weiblichen Anteile bei den combattant units war damit ein für allemal geregelt. Scorsese, der mir damals die Co-Produktion von ›Last Temptation‹ anbot, hat kurz darauf die Verbindung zu Benigni hergestellt, mit dem ich seither engstens befreundet bin, aber ›Das Leben ist schön‹ wollte ich nicht mit ihm machen. KZ, nein. Ich wollte einfach keinen KZ-Film, obwohl ich mir denken konnte, daß Roberto keinen gewöhnlichen KZ-Film drehen würde ...« So schwatzte er in einem fort, alles mit lauter Stimme, unterbrochen zuweilen von einem bübisch-konvulsivischen Lachen, noch lauter, vollkommen selbstisch und unecht. Ich sprach immer leiser, was war auch gegen diesen Primaten der Kulturkonversation mit seinem Imponiergetrommele auszurichten? Ich sah immer mehr das ethologische Schema, der Mensch verschwand zwischen seinen Verhaltens-Atavismen.

Wie konnte es zur Begegnung mit einer solchen Leerperson kommen? Hinter mir lagen Tage der empfindlichsten, zermürbendsten Einsamkeit. Und dann treffe ich auf eine solche Karikatur des »Anderen«, jenes selben Anderen, dem Philosophen schon manches Meisterwerk gewidmet haben und den auch meine Gedanken in völliger Abgeschiedenheit unablässig umkreisen. Jener Andere, der dieser Mensch hier durchaus nicht ist und niemals für jemanden sein könnte! Nur ein Zungenschnalzer im weltweiten Geschnatter des Namedropping. Dann wieder sage ich mir, meine unwürdige Lage vor mir selber rechtfertigend: Klappern gehört zum Handwerk. In diesem Fall ist wohl das Klappern bereits das Handwerk selbst. Aber was will er von mir? Der hat von mir nicht den geringsten Zipfel erwischt. Es ist Demütigung, nichts als Demütigung, die er mir zufügen will, indem er genau weiß oder spürt, was es für mich bedeutet, wenn er, ein vollkommen Bedeutungsloser, sich vor mir aufbläst und mich zum Zuhören zwingt. Ich bin bereits der Erniedrigte, indem ich mit einem solchen Menschen am Tisch sitzen bleibe und nicht den Mut finde, einfach wegzugehen ... Aber der will doch vielleicht irgendetwas von mir?! Insgeheim höre ich einen nüchternen Menschen aus der Branche sagen: »Ach, der Brünning, der redet ein bißchen viel, macht aber tadellose Arbeit.« Doch es will mir nicht einleuchten, daß jemand in seinen Handlungen zuverlässig sein soll, wenn ich mich auf nichts verlassen kann, was aus seinem Mund dröhnt. Ich spüre: ich besitze keine Abwehr, die mich vor den animalischen Gebärden der Selbstvergrößerung schützen könnte. Auf mich strömt alles unvermindert ein, selbst wenn der Beschuß nicht aus Wirkungs-Quanten, sondern bloß aus Styroporkügelchen, aus zerbröseltem Verpackungsmaterial besteht.

*

»Wie sehe eigentlich ich aus? Ich habe noch gar kein Kostüm,« sagte der kleine Schauspieler kurz vor der Hauptprobe, als er unverhofft den Blick des Regisseurs auf sich gerichtet sah. Der war gerade dabei, ein Arrangement für die vier Hauptdarsteller zu ändern, und der kleine Schauspieler las den Blick des Meisters falsch, denn der war nur zufällig an ihm hängengeblieben, dem Kollegen mit den zwei kurzen Melde-Auftritten. Es war ein durchaus nichts sehender Blick, der für kurz auf ihm ruhte. Folglich hatte seine schüchtern-erregte Anfrage auch nur die Wirkung, daß sie den Meister aus seiner Gedankenverlorenheit weckte, weshalb dieser, statt dem kleinen Schauspieler eine Antwort zu geben, sich auf dem Absatz umdrehte, um bei der immer noch unbefriedigenden Gruppierung der Hauptdarsteller die entscheidende, zauberhaft richtige Veränderung vorzunehmen.

Dann war die Probe beendet, der Regisseur begab sich zum Stab seiner engsten Mitarbeiter und diktierte die noch notwendigen Ergänzungen für das Bühnenbild.

Nun machte sich der kleine Schauspieler auf eigene Faust auf die Suche nach seinem Kostüm. Er lief durch den Korridor der Ausstattungsabteilung und betrat die Kostümbildnerei. Leider war die für die Kostüme zuständige Künstlerin bereits abgereist, um ein nächstes Engagement wahrzunehmen, und eine Assistentin überwachte die Ausführung ihrer Entwürfe. Er fragte sie, ob für ihn schon ein Kostüm angefertigt sei.

Sie lachte und fragte zurück: »Für welche Rolle?« Denn sie hatte ihn bei seinen kurzen Auftritten nie auf der Probe gesehen.

»Ich bin im Stück der engste Freund der Hauptperson. Ich melde dem Vater den Tod seines Sohns. Im Personenverzeichnis heiße ich einfach: Ein Freund.

Das ist ebenso viel- wie nichtssagend. Genau um diese Achse herum – viel/nichts – müßte mein Kostüm geschneidert sein.

Mein Auftritt ist kurz. Im Grunde sind es zwei. Ich erscheine, melde, verschwinde.

Kurz darauf kehre ich zurück, nachdem ich den Vater für zwei Minuten um Fassung ringen lasse, und berichte etwas ausführlicher, stehe Rede und Antwort, alles kurz und markant. Anschließend verschwinde ich unwiderruflich aus der Handlung.«

»Spielen Sie einen Offizier?« fragte das weiche Mädchen mit dem aufgesteckten Lockenhaar. Sie saß schräg angelehnt mit übereinandergeschlagenen Beinen auf einem Drehhocker vor ihrem Ateliertisch und strichelte mit dem Bleistift auf einem Zeichenblock. Es schien, als entwürfe sie aus dem Moment heraus ein Kostüm für den kleinen Schauspieler nach ihrer Phantasie.

»Nein, kein Offizier. ›Ein Freund‹, das bin ich. Es wird nicht näher gesagt, welcher Berufsgruppe oder gesellschaftlichen Schicht ich angehöre. Darin liegt ja die Notwendigkeit eines mich bezeichnenden Kostüms begründet. Aber man hat sich offenbar bis zur Stunde keine Gedanken darüber gemacht. Indem ich dem Vater Meldung erstatte, stürze ich ihn in eine ausweglose Lage. Er schleppt sich fortan nur noch mit großer Mühe, geplagt von Reue und Schuldgefühl, durch den Rest des Vierten Akts. Ich allein könnte ihm Erleichterung verschaffen. Wenn ich länger auf der Bühne bliebe, könnte ich ihm zum Beispiel die näheren Umstände schildern, die zum Tod des Sohns führten. Aber das tue ich nicht. Ich bleibe einsilbig und kurz angebunden. Später verschwinde ich nach Bekanntgabe der nötigsten Fakten rigoros.

Mein Auftritt saust nieder wie ein Schwert auf den Schädel des Unglücklichen. Wie ein Schwert – schmal, schneidend, blitzend. Vielleicht wäre das ein Anhaltspunkt für mein Erscheinungsbild …«

»Gehen Sie in die Schneiderei. Fragen Sie dort, ob Ihr Kostüm schon fertig ist.«

Die Assistentin, die den rechten Ellenbogen auf die Tischplatte stützte, drehte sich auf dem Hocker hin und her, es sah aus, als wäre ihr im selben Augenblick die anfängliche Phantasie für das passende Bühnengewand des kleinen Schauspielers in Lustlosigkeit zusammengesackt.

Der also lief weiter den Werkstätten-Korridor entlang bis zur Schneiderei, wo er auf zwei Vorhangnäherinnen traf, die aber nichts von einem Kostüm für ›Ein Freund‹ wußten – die nicht einmal wußten, welches Stück in wenigen Tagen Premiere hatte.

Darauf ging er zu einem rollbaren Garderobenständer, an dem eine Reihe von Kostümen für die Komparserie hing, jeweils mit einem angesteckten Zettel mit dem Namen des Statisten, aber seines war nicht dabei, man hatte sein Kostüm vergessen.

Nun läßt sich an jedem Theater für jeden beliebigen Mitwirkenden innerhalb von zwei Stunden ein beliebiges Not-Kostüm schneidern. Jedoch müßten die Schneiderinnen zu diesem Zweck einen Auftrag aus der Kostümbildnerei bekommen, und ein solcher war bisher nicht ergangen. Die Assistentin wiederum weigerte sich, eine entsprechende Weisung zu geben, obgleich sie doch kurz nach Eintritt des kleinen Schauspielers im Nebenbei und spontan einige Skizzen aufs Papier gebracht hatte. Sie hätte aber nie gewagt, ein von ihr entworfenes Kostüm ohne Erlaubnis der Meisterin zur Fertigung zu bringen. Die künstlerische Verantwortung lag schließlich bei einem bekannten Namen, und die dazugehörige Person befand sich längst auf einem anderen Erdteil.

»Ich habe kein Kostüm! Ich habe kein Kostüm!« schrie der kleine Schauspieler hinter der Bühne, kurz bevor sich der Vorhang zum letzten Durchlauf hob.

Lieber wollte er es zum Eklat kommen lassen, die Aufmerksamkeit des Leitungsstabs mit Gewalt und Störung auf sich lenken, als gewissermaßen unbekleidet seine Rolle zu spielen, also in Jeans und Sweatshirt der Hauptfigur die Nachricht vom Tod des Sohns zu überbringen.

In einem heftigen Zornesausbruch winkte der Regisseur den Beginn des Durchlaufs ab, zu dem alle bereitstanden, auf den jeder in höchster Konzentration eingestellt war.

Der Vorhang ging auf, und der arme Unbekleidete wurde auf die Bühne gerufen.

Da stand er nun im Mittelpunkt aller, allein, unter dem harten Scheinwerferlicht, das fürs Erste Bild, eine Ballszene, benötigt wurde, stand da in seiner erbärmlichen Straßenkleidung und in Turnschuhen. Der Regisseur blickte ihn mit zusammengekniffenen Augen an und rief: »Sie bekommen einen grauen Drillich. Sie sind als der Freund des Sohns in einem niedrigen Dienstleistungssektor tätig. Als solcher treten Sie auf zu Beginn des Vierten Akts und hinterlassen den Eindruck eines Mannes, der seine Arbeit unterbrochen hat.«

Nun waren die Kostüme der Künstlerin durchweg alltagslos. Zum Teil übertriebenes Fin du siècle, dazwischen auch futuristische Unbequemlichkeiten, Stilbruch als Prinzip. Als dann der kleine Schauspieler im grauen Drillich seine beiden

Auftritte absolvierte, erkannte auch der Regisseur, daß hier eine falsche Banalität dem Kalkül der übrigen Ausstattung widersprach. Er bat um die sofortige Entfernung des geschmacklosen Drillichs. Vergaß allerdings unter den vielen Sorgen, die die Probe mit sich brachte, anzuordnen, in welcher Bekleidung der gute Mann stattdessen auftreten sollte.

Niemand, absolut niemand, weder die Assistenten noch der Bühnenbildner, weder Dramaturg noch ein Schauspieler-Kollege, wagte einen Vorschlag zu machen.

So nahte der Abend der Premiere, und den Kleindarsteller, für den man kein Kostüm hatte, befiel ein furchtbares Lampenfieber, so daß er nicht mehr Herr seiner Entscheidungen war.

Er räumte zuhause seinen Kleiderschrank leer, von der fixen Idee besessen, dem Anspruch höchster Extravaganz zu genügen, doch fand er nicht ein einziges Kleidungsstück, das diesem Anspruch gerecht werden konnte. Alle Stücke waren salopp-sportlich-billig. Er wickelte mehrere Hosen und Pullover zu einem wulstigen Band zusammen und schnürte es sich um den nackten Leib. Er knüpfte auf ähnliche Weise sämtliche Paar Schuhe, die er besaß, um die Waden. Über den nackten Rücken hängte er ein halbes Dutzend langärmliger Hemden auf Kleiderbügeln, die er an eine um den Hals geschlungene Kordel hakte. Auf seinen Kopf stülpte er eine mitraförmige Komposition zusammengeknoteter Strümpfe.

In dieser Aufmachung – in äußerster Not gerafft und geballt – begab er sich ins Theater und wartete in einer Abstellkammer auf den Einruf zum Vierten Akt.

Er hatte eine große Decke über seinen Wäsche-Körper geschlungen, und Kollegen, die ihn zufällig beobachteten, glaubten, er würde sogleich nackt auf die Bühne treten.

Als er schließlich seinen Auftritt hatte, erstarrte der Hauptdarsteller bei seinem Anblick, und durch das Publikum zog ein befremdliches Raunen. Da stand er, der Bote, ein lebender Kleiderständer, steckte in keinem Kostüm und war doch nicht ohne eines. So gab er, wie es ihm von Anfang an vorschwebte, eine ebenso viel- wie nichtssagende Gestalt ab.

Als das Publikum aber aus dem Mund dieser bizarren Garderobe die Nachricht vom Tod des Sohns vernahm, hörte es auf sich zu wundern und bemerkte nur noch die ganze Armut und Verzweiflung eines Boten, der eine erschütternde Nachricht überbringt. Niemand im Saal hätte behaupten können, daß er jemals eine überzeugendere, ergreifendere Darstellung dieser uralten und ewigen Melderolle erlebt hätte. Nach dem zweiten Auftritt des – wie nun jeder sah – mit den Kleidern des Toten umhüllten Freunds spendete das Publikum spontanen Szenenapplaus.

*

Der Mann ist ein Erkunder, ein stiller, ernster, undurchsichtiger Fragensteller, wie ihn jedermann, der begierig ist, erschöpfend befragt zu werden, für einen nicht geringen Betrag bei der Agentur »Das Selbstgefühl« mieten kann.

Er lacht nie. Er fragt und hört mit langem dunklen Blick. Höflich, kalt, ungeniert. Rückt häufig, wenn ihm eine Frage kommt, die er nicht gleich stellen kann, mit dem Hintern nervös auf dem Stuhl hin und her, indem er, leicht vorgebeugt, die Unterarme auf die Lehnen stützt und zwischen den Fingern, sehr altmodisch, den Stift und den Notizblock hält.

Beim Zuhören ruht der Kopf, leicht zur Seite geneigt, an der aufgestützten Hand, der ausgestreckte Zeigefinger drückt gegen den Wangenknochen, der Daumen von unten gegen das Kinn, die restlichen drei Finger bilden eine kleine Faust vor den Lippen – um damit notfalls den Mund zu halten. Dazu der unentwegte Blick zur Befragten, deren ausladenden Kupferlocken wie schweres Geschmeide über die Schläfen hängen, während aus dem ungefärbten Ansatz immer wieder Schweißtropfen über ihre Stirn rinnen.

»Und wenn erst alles ausgekundschaftet ist, läßt man mich dann wieder sein? Da hat man mich ausgenommen, gesäubert und gesäuert wie einen Barsch, mit Rosmarin gefüllt. Doch das nützt alles nichts. Eine Burg wird geschleift, eine Vision ist zerfetzt. Ein Mann ist dahintergekommen. Eine Höhle wird plombiert, die Türen versiegelt. Am Himmel die Klingelleine gezogen und mit einer Hand wie früher in der Straßenbahn, Klingelleine als es sowas noch gab! Nur weiter so. Frag mich was, du Fragefritze!

Und wenn ich erst einmal ausgekundschaftet bin, das Stückchen Erde, die Frau, der Leib, das Atoll, dann wird sich's nicht mehr lohnen, will ja nicht sagen, daß es kein Ende hätte, wenn man bedenkt, daß sich das Leben insgesamt auch mal nach rückwärts erstreckt, wo man nicht gut hinsieht, ich meine, daß es sich auch mal in die Buchten der besten Jahre verzieht, das gehört zur Lebensverbringung wie Dankbarkeit, wie Auf und Ab und passé, und doch nicht so ganz, mein ich, weil man genug zu tun hat mit einem Wesen, das sich erinnern kann und es fühlt noch das Weiche von ganz früh, jedenfalls das viele Weiche beim Beginnen, da war ein bißchen mehr los als bei dem jungen Küken, das gerade das Flattern lernen muß, aber gar nicht weiß, was zurückgucken heißt, etwa so, wie immerhin die Henne auf ihre Küken zurückblickt, ob sie noch am Platz sind, ob, was zu einem gehört, noch da ist, das ist ja, daß es zu einem gehört und daß es dich dann größer macht und du wächst, mehr Raum zwischen den Beinen, den Hüften, den Brüsten, vielleicht, daß es sogar wird, wie es einmal war, Illusionen nehmen zu, als da mal ein Leib für dich riesig war, die Mutterbrust aufs ganze Gesicht drückte und das Näschen platt, ist ja noch unvergessen, lebt ja noch, kann als Illusion überleben, kann sich selbst behaupten neben allem besseren Wissen gleichberechtigt. Einmal kann man sagen, daß am Anfang nichts hart und straff ist, sondern weich. Glücklicherweise kann man sagen, kommt das wieder, man hat so viel in den Händen gehalten, aber wenn man älter wird und eine Frau ist reif neben dir, größer als schlank – schlank ist man, solange man nichts erlebt hat, keine Verrücktheiten, keine Dankbarkeit, kein Weinen und Lachen, runder wird sie, weil sie genug erlebt hat, dann kannst du von Glück sagen, daß du wieder dort angelangt bist, von wo du ausgegangen bist und daß sich der Weg gelohnt hat, wenn er so rund war, weil alles Runde mehr befriedigt und schöner ist als das schlanke Gerade, wie der Weg, der sich spärlich ins Weite verliert.

Wenn ich dich umrunde, wirst du noch runder. Sagte mal einer.

Ach, was hat man schon für faule Satrapen-Trabanten im Orbit gehabt!

Es ist ja wahr, daß man mich mit den Mitteln der sphärischen Geometrie vermessen, entschlüsseln, erkunden muß. Da kreisen doch schwerelos Brocken von Männergriffen um mich. Du bist noch viel runder als dein Abdruck im Sand, meinte der Surfer damals.

Meine Stimme naht und weicht, kommt und geht wie früher bei einem altersschwachen Radio, schwillt und schwindet wieder. Das kommt auch von den sphärischen Ringen, die mich umgeben und in denen dieBrocken von den Kerlen kreisen.

In Tateinheit mit Illusionen ist das ganze Hilfswesen, das behelfsmäßige Biographieverbringen ein noch und noch Die-Fühler-Ausstrecken. Man kann gar nicht anders, als einen Gedanken vom Buckel des anderen abrutschen zu lassen. Man ist im Geist nicht frei von Nebensächlichkeiten. Das ganze Blut ist gleichsam ein dauerndes Abgleiten vom Wesentlichen. Und das bei einem Gehirn, darin sich, wenn's not tut, die Sonne um die Erde dreht. Wenn's denn sein muß.«

*

Nur einmal stand er mit klopfendem Herzen auf einem Bahnsteig. Er war noch Student, Anglist in den fortgeschrittenen Semestern, als er seine beiden Freundinnen, die eine aus Osnabrück, die andere aus Neumünster, auf den gleichen Zug dirigiert hatte, der die Rheinstrecke von Köln nach Koblenz nahm. Zwei Freudinnen, die nichts voneinander wussten, zwei Geliebte, verwöhnte junge Frauen, die nun im selben Zug saßen, während er auf dem Bahnsteig seines Heimatstädtchens unruhig hin und her lief. Er merkte wohl, daß ihm die übermütige Konstruktion dieses Doppelbesuchs auf einmal unheimlich wurde und etwas Bedrohliches bekam. Er verfolgte den Ablauf ihrer Anreise in verschiedenen Ahnungen und Visionen: Sie mußten längst in Koblenz aus dem Schnellzug gestiegen und den Bahnsteig des Vorortzugs nach Gießen gesucht haben, nebeneinander, womöglich miteinander, ohne im geringsten zu ahnen, welche Blicke sie am Ziel ihrer Reise sich zuwerfen würden. Vielleicht waren sie sogar die einzigen, um die Mittagsstunde, die den Zug durchs Lahntal bestiegen, zwei nicht ganz unähnliche Erscheinungen, was Körperform und Haltung betraf. Selbst wenn sie einander aufmerksam angesehen hätten, ihre Ähnlichkeit, die nur aufgrund eines von ihm bevorzugten Frauentyps so auffallend war, wäre ihnen selbst verborgen geblieben, wie auch anders? Ebensowenig hätte ihr Verhalten, beiderseits eine gewisse Erwartungsnervosität mit häufigen Blicken auf die Armbanduhr, sie jemals auf den einen und selben Mann schließen lassen, der sie verursachte und der die beiden zu sich dirigiert hatte. Er sah sie vor sich im Einraumwagen, auf gegenüberliegenden Gangplätzen, so daß immerhin jede der anderen Garderobe mustern konnte und vielleicht erstaunt war, ja vielleicht sogar ein wenig lächeln mußte darüber, daß ihr Geschmack in der Wahl der Bekleidung sich kaum unterschied. Indem sie nun den Kopf zur Landschaft richteten, schienen sie sich in Gedanken ihm zu nähern und sich seiner Erzählung zu erinnern, wie er in dieser Umgebung aufgewachsen war und hier eine glückliche Kindheit hatte. Zur gleichen Zeit verließ ihn auf dem Perron jedes trauliche Heimatgefühl, denn er besaß außer dem tolldreisten Plan, nach dem er die getrennt-gemeinsame Anreise seiner beiden Geliebten gelenkt hatte, keinen zweiten, wie nach Enthüllung des ersten, wie nach der riskanten Gegenüberstellung, Zusammenführung, Konfrontation – ja, was würde es sein? – mit den beiden weiter zu verfahren sei. Er fühlte äußerste Beklommenheit sowie die Macht der Ungewißheit, was auf den Augenblick der Entdeckung folgen würde. Einen Augenblick, den er sich lange Zeit als den kühnsten und seligsten zugleich ausgemalt hatte, nämlich als eine unbeschwerte Liebesfreundlichkeit und erotische Balance-Harmonie. Er verfolgte bei der ganzen Strippenzieherei ja keinerlei zweifelhafte Absichten, er wollte lediglich zwei Frauen, denen er mit gleicher Freude zugetan war, miteinander bekannt machen. Jetzt aber schwante ihm: Es würde eine enorme Sprengung geben. Anfang und Ende würden in der ersten Sekunde der Begegnung mit lautem Knall in eins stürzen. Ich bin verknallt in die und die, hieß es zu damaliger Zeit noch, wenn man sich verliebt hatte. Und so kann man eben auch wieder auseinanderknallen.

Doch was dann tatsächlich auf dem Bahnsteig seines Heimatstädtchens geschah, war alles andere als der erwartete Knall. Es begann nämlich mit einem festen Händedruck der (extra für ihn!) gutgekleideten Frauen, nachdem er sie einander vorgestellt und anschließend beiden auf ihre zusammengepreßten Lippen einen Kuß gegeben hatte. Dann setzte ein schnelles, beinah lautloses Verpuffen aller stärkeren Regungen ein, die dem Menschen für einen solch extravaganten Augenblick vorbehalten sind.

Zuerst entwich die Luft aus der Neugier füreinander, dann schrumpfte die Verzwungenheit, falsche Rücksichten erschlafften, die Enttäuschung war bald flach, und jeder von ihnen legte eine wundersam lasche Selbstbeherrschung an den Tag. Was also wirklich geschah, kaum standen sie zu dritt voreinander, war, daß jeder das Interesse am anderen verlor. Buchstäblich mit einem kurzen Auspusten entwich den dreien die heiße Luft. Auch das brennende Interesse, mit dem er die beiden und mit dem jede von ihnen ihn erwartet hatte, war plötzlich erloschen. Vielleicht weil jeder – um den Skandal, den Knall zu vermeiden – sich blitzschnell hinter einem Panzerglas von Unaufrichtigkeit in Sicherheit gebracht hatte? Vielleicht aber auch, weil sie so, mit nicht mehr so brennendem Interesse, recht gut miteinander auskamen. Jedenfalls über das Wochenende. Die drei Tage waren keine aufreibende Zeit, und danach war alles vorbei.

*

Nichts war mehr erhalten von Bernd Schierers so kluger und bildprächtiger Aufführung von Ferdinand Raimunds ›Der Alpenkönig und der Menschenfeind‹, einer Münchner Inszenierung aus dem Jahr 1973. Kein Video, keine TV-Aufzeichnung, nur einige wenige Fotos. Nun gab es Jahre später einen jungen Theaterbegeisterten, dem sein Vater aus einem Archivbuch eine kurze Beschreibung der Aufführung vorgelesen hatte, ohne sie jedoch selbst gesehen zu haben.

Der Junge macht sich also auf den Weg und will die wundersame Aufführung finden in den Sinnen derer, die sie noch gesehen haben. Er trifft etliche Zeitzeugen, Augenzeugen, die ihm mehr oder weniger oberflächliche Auskünfte geben. Mitwirkende sogar, wenngleich nicht die beiden Hauptdarsteller, die wie auch der Regisseur mittlerweile verstorben sind. Die Beschreibungen und Erinnerungen, die einige Zuschauer von damals mitteilen, stellen ihm hauptsächlich die sich erinnernden Menschen selbst vor und liefern wenig anschauliches Material zu der gesuchten Aufführung.

Allerdings findet er eine Frau, die inzwischen schon zwei Enkelkinder hat, diese Aufführung kurz vor ihrer Eheschließung sah und für die der Abend immer seine besondere Bedeutung behielt.

»Theater war für mich eine Passion. Ich brauchte am Abend jemanden, mit dem ich mich identifizieren konnte. Egal, ob Hamlet oder die Frau vom Meer. Ich ging nur aus Identifikationsnot ins Theater. Die Aufführung aber, der Sie auf der Spur sind, hatte noch eine andere Wirkung. Sie ist in mir ganz lebendig! Ich weiß noch, dieser Theaterabend, als wär's ein ganzer Lebensabend voll Theater! Dies Märchen, diese komische Menschenansicht, diese heimliche Verzauberung ... Seit diesem Abend begann meine Langeweile im gewöhnlichen Leben. In meinem Beruf, auf meinen Reisen, in meiner Ehe, sogar mit meinen Kindern. Ich habe mich in einem fort nur noch langweilen müssen. Seit dieser Aufführung, sie hat mich verzaubert. Oder verhext. Seitdem muß ich mich immerzu erinnern, an jeden Auftritt und jedes Couplet. Nicht nur das, sondern ich muß mich erinnern überhaupt, meine Gedanken schweifen von allem ab, was gerade geschieht, ziehen dahin zu tausenderlei vergangenen Dingen. Seit diesem Abend ergriff mich eine unerschöpfliche Langeweile vor Mensch und Gegenwart. Ich hab's nicht genossen damals, ich bin betäubt worden. Die Aufführung war im Grunde ein verlockendes, gut verschnürtes Paket. Ein echtes Angebot. Aber als ich zum ersten Mal daran dachte, was ich da gesehen hatte, Alpenkönig, Menschenfeind, Geisterchöre, ja, da sprang das Paket auf, und der ganze Zauber fiel über mich her.«

*

Der Anfang der Erzählung überblickt das Ganze. Der erste Satz weiß mehr als der Autor, zumal wenn er kurz und verschwiegen ist. Der Erzähler beginnt: das heißt, er macht dem im Anfang ruhenden Ende Beine. Der Anfang kennt die ganze Geschichte.

Es sind ihre zitternden, schlanken Hände, die mit blutrotlackierten Nagelspitzen zärtlich den Rücken des Umarmten kratzen, den Reiz einer leichten Verletzung andeuten, nur um ihn aufs neue zu erregen.

Und es sind dieselben Hände, die am folgenden Tag heftig schlotterten, als sie wieder und wieder an den Kanten ihres Entwurf-Papiers entlangfuhren, um es zum glatt abschließenden Block zusammenzufassen, der wegen der unruhigen Finger trotzdem verrutschte. Ein Zittern, das sie nicht unterdrücken konnte, drüben in Dankwarts Büro, wo ihre einzige Reaktion in zwei glucksenden Schluchzern und im Beben der Hände sich zeigte, die immerzu ordnen, einfassen, zusammenhalten wollten, was keinen Wert mehr besaß, das Papier, das ihr der Teamleiter soeben zurückgereicht hatte, den Entwurf, den er »für letztlich unbefriedigend« erklärte, die Studie, an der sie über Monate gearbeitet hatte und die ihr gerade in den letzten Tagen das Herz höher schlagen ließ: Stolz, Zuversicht, Gipfelstürmerglück. Kein Wunder also, daß sie mit schlecht gespielter Bescheidenheit dem Verantwortlichen ihr »Werk« übergeben hatte ... Wie peinlich jetzt, den verfrühten Jubel, diese falsche Überlegenheit gefühlt zu haben, jetzt, da sie die Blätter wie Kehricht, etwas vollkommen Wertloses, in den zitternden Händen trägt, während sie aus seinem Zimmer zurückkehrt an ihren Arbeitsplatz.

Eine andere Person, weniger schön, weniger gewohnt an Kompliment und Schmeichelei, hätte wahrscheinlich aus plumpem Selbstbewußtsein gegen die Ablehnung der Arbeit protestiert, sie als erbärmlich und inkompetent zurückgewiesen. Hätte ihre Enttäuschung in Zorn und Schmähung gegen den Frauenverächter umgemünzt, der es wagte, sich ein solch infames Urteil anzumaßen.

Sie hingegen, mit ihren feinen verstörten Händen, vollzog jeden seiner Einwände nach, machte sich die Einwände des Herrn – ja, Herr über sie war er aufgrund seiner mächtigen Ablehnung geworden – selber zu eigen und übertraf sie noch.

Sie hatte ihm nichts entgegenzusetzen. Seine Einwände waren stichhaltig. Tatsächlich hatte sie zuviele Gesichtspunkte außer acht gelassen. Und es war für lange Wochen die einzige Quelle ihres Glücks gewesen: daß ihr keine Zweifel gekommen waren. Wie konnte diese teuflische Zweifelsfreiheit von ihr Besitz ergreifen? Es muß wie eine Geistesstörung, eine Krankheit gewesen sein, die Krankheit »Zweifelsfreiheit«. Nur damit einmal, endlich einmal in ihrem vierzigsten Jahr das Glück freie Bahn hatte, ungehindert, ungeschmälert in ihr aufsteigen konnte. Nur damit einmal ein Hochgefühl bei ihr zu Gast sein durfte und das Gewebe der kühlen, kleinlichen, betulichen Regungen zerriß.

Nun, wie sich herausstellte, war die Stärkung ihres Gemüts bloß von kurzer Dauer gewesen und ging schließlich auf Kosten ihres beruflichen Ansehens.

Sie hatte den Entwurf so angelegt, daß, wie ihr schien, eine zwingende Lösung sich abzeichnete bei den Einfuhrzöllen für osteuropäische Länder.

Die Liebe zu ihrer Studie hatte das Verdikt, dem diese zum Opfer gefallen war, nicht überstanden. Sie verachtete sie jetzt. Punkt für Punkt ging ihr die Verschwommenheit ihrer Argumentation auf, ebenso wie die zweifelhaften Kriterien, die sie bei ihrer Untersuchung angewendet hatte. Es war weitaus schlimmer, als es der Häuptling bei oberflächlicher Lektüre bemerkt hatte. Ihr allein oblag es, das gesamte Ausmaß der Schleichwege bloßzulegen, auf denen sie um »den heißen Brei« herumgestrichen war.

Ihre Hände, die schönen Waffen der Zärtlichkeit, jetzt von Unruhe entstellt, flatterten immer noch um das entwertete Papier, wie jemand im Finsteren an der Wand nach einem Lichtschalter tastet. Die Begeisterung, in die ihre Arbeit sie versetzt hatte, wurde ihr immer rätselhafter und schändlicher. Gleichzeitig verspürte sie das Bedürfnis – hielt sie es für geboten – drängte es sie – mußte sie wohl oder übel – konnte sie kaum widerstehen, ins Zimmer des Häuptlings zurückzukehren, um sich bei ihm zu entschuldigen für die Inanspruchnahme, die sie ihm mit der Lektüre ihres abwegigen Papiers zugemutet hatte. Aber diesem Drängen gab sie vorerst nicht nach. Auch wenn sich deutlich eine gewisse List, die List der Selbstkritik anbahnte, sah sie die Stunde noch nicht gekommen, ihm mit einer vorgetäuschten Geste der Unterwerfung neu zu begegnen. Obgleich sich ihrem Gefühl nach ein Einlenken ihres Vorgesetzten bereits andeutete. Es fehlte nur ein Geringes an Selbsttäuschung, und es wäre ihr der Widerruf seines Urteils als kurz bevorstehend erschienen, und darin hätte sie wohl zu einer neuen Zweifelsfreiheit gefunden.

*

Aus einer kleinen, einer Luftfahrtschau beiwohnenden, den Kopf in den Nacken hebenden, gen Himmel blickenden Menge wird ein Staunender von drei Anorakmännern herausgeholt und beiseitegenommen. Es entsteht ein kurzes Wortgeplänkel, dann lassen die Herausholer den Herausgeholten stehen und ziehen wieder ab. Der Mann bleibt mit gesenktem Kopf an seinem Platz, ohne noch einmal den Blick nach oben zu richten, wo Loopings und Schrauben, Fallschirmsprünge und Drohnenritte jahrmarktlich den Himmel verzieren.

*

Wie gesagt, die wahre Zukunftsvision liefe darauf hinaus, daß Menschen eines Tages jegliches Interesse an der Zukunft verloren haben. Sie suchen dann nicht mehr nach den »Verbesserungen«, die in Aussicht stehenden bekümmern sie nicht. Sie wollen nichts davon hören. Sie leben in einer Sphäre ohne Voraus und Voran. Sie meiden das schnelle Denken zugunsten eines langsam kreisenden Erfassens ihrer Lage. Was ihnen zur Verfügung steht, erscheint ihnen ausreichend und ausreichend geregelt. Sie nutzen und beherrschen die bleibende, endgültige Gegebenheit. Mit anderen Worten, man sagt dann: Ich sehe nichts mehr kommen. Das Anderswerden abgeklungen. *Es regelt sich. Es wird sich finden.* Das Geschehen sorgt für sich selbst.

Befreit! Endlich befreit von der Zukunft!

In dieser Ära tritt sie aus dem Haus, folgt ihrem Mann, nur ein paar Schritte, dann kehrt sie um und bleibt stehen in der halbgeöffneten Tür. Es folgt nun ein typischer Wortwechsel; die von jedem Gedanken an Zukunft befreite Sprechweise pflegt Wiederholung und Stagnation, Kehren und Schleifen, es ist ein beinahe stillstehender Wortwechsel, in dem nichts erzielt wird oder fortschreitet. Die Worte sind eher wie Haltegebote, um sich des anderen Gegenwart, sich seiner *Gegebenheit* aufs neue zu versichern.

Wolltest du mir nicht etwas sagen? fragt sie mehrmals ihren Mann.

DER MANN Gut. Ich sage dir's. Ich kann mir ein Leben ohne dich nicht vorstellen.

DIE FRAU Weshalb?

DER MANN Ich kann mich nicht mehr erinnern.

DIE FRAU Wann gab es denn das letzte Mal einen Vorfall zwischen uns?

DER MANN Du schließt die Tür nicht?

DIE FRAU Nein. ich schließe die Tür nicht ab. Ich bin noch unentschieden. Ich würde das gern nochmal hören. ich glaube, ich habe nicht richtig gehört. Ich könnte dir eine Geschichte erzählen.

DER MANN Ich könnte mir ein Leben ohne dich nicht vorstellen. Hast du verstanden?

DIE FRAU Na ja. Ich auch nicht.

DER MANN Dann schließ jetzt ab. Ist denn etwas vorgefallen zwischen uns? Ist doch gar nichts vorgefallen. Wann ist das letzte Mal was vorgefallen zwischen uns? Ich kann mich nicht erinnern.

DIE FRAU Ich dachte, du hättest mir etwas zu sagen, bevor wir das Haus verlassen. Ich kann mir ein Leben ohne dich nicht vorstellen. Nur so. Das kann doch nicht so schwer sein.

DER MANN Sowas möchte ich auch mal hören.

DIE FRAU Hab ich doch gerade gesagt.

DER MANN Dann schließ die Tür ab.

DIE FRAU Ich bin nicht sicher, ob ich alles mitbekommen habe.

DER MANN Du solltest dich irgendwann entscheiden. Wir könnten sehr gut zusammen gehen. Aber ich bin mir sicher, daß ich auch allein gut gehen werde. Ich bin sehr gern mit dir unterwegs.

DIE FRAU Ich erwarte auch was. Bevor's dazu kommt.

DER MANN Ist das der richtige Schlüssel?

DIE FRAU Das laß meine Sorge sein.

DER MANN Ich kann mir ein Leben ohne dich nicht vorstellen.

DIE FRAU Was denn. Paßt doch. Ich kann mir manchmal ein ganz anderes Leben mit dir vorstellen.

DER MANN Das hast du gesagt.

DIE FRAU Wer sonst. Von dir kommt ja nichts. Was tust du da?

DER MANN Gibt nicht mehr viel zu tun.

*

Von Entbehrung hart, von Sorge mager ihr Gesicht, offen und furchtlos. Das kranke Kind, der schwadronierende Mann, die zehrende Arbeit, das aufgesteckte leblose Haar. Die tiefe Hast, um nichts als zu überleben. Um nicht abzutrudeln, nicht gleichgültig zu werden. Sich ja nicht gehenlassen, nicht ein einziges Mal, denn sogleich würde das unaufhaltsame Sinken beginnen. Ganz dünn geworden ist ihre Haut unter der Eile. Gelassen wartet nebenan ein neues Pech auf sie ...

Wie gern wäre sie einmal nicht wiederzuerkennen! Einmal nicht wiederzuerkennen im langen Abendkleid. Jadegrün und rückenfrei.

*

Winterlich verliebt, ein Mal nur, das erste ... die kalte Haut neben dem warmen Mund ... jemanden zu wollen des Mantelgeruchs im Frost wegen, der geröteten Nasenflügel und der eiskalten Hand, die bald auf einem warmen Bauch liegen wird ... Daß man den Atem sieht, den man verschlingen möchte! Die ganze heiße Statur, die da draußen in klirrender Kälte geht ... um der Verhüllung willen die schwarzen Strümpfe, der unechte Pelzkragen, Kopftuch und Schal, nichts frei, um der Entdeckung willen, die vielen Kleidungsstücke, mit der unwahrscheinlichen Nacktheit darin, wenn all das, endlich, im Zimmer, ausgezogen ist und über der Stuhllehne liegt, die Strumpfhose (nicht Strümpfe!), die Stiefelsocken, T-Shirt und Pullover … der Haufe, den die kleine Nacktheit trug.

Er sah bald, wie ihr Lächeln, das freundlich gefällige, verschwand, in der Lust die Lippen schief, die Augen jede Regung überwachend. Sie schenkte sich ungeschickt, als müsse sie ihm *ein erstes Mal* vorspielen. Oder so etwas zumindest markieren, wie ein Schauspieler, der eine Szene zuerst markiert, bevor er sie wirklich spielt. Und der Firnis von ernster Bedeutung, der über ihrem Gesicht lag, wurde ein wenig brüchig, ein Anflug von Ironie trat hervor, und der schien zu sagen: ich tue es gern, aber es ist vielleicht nicht mein Bestes. Beteiligt waren gleichwohl weder Kühle noch Sprödheit, weder Vortäuschung noch gleichgültiges Geschehenlassen. Nur war es ein wenig so wie bei jemandem, der ein Geschenk übergibt und meint, es kommentieren zu müssen, weil er fürchtet, daß es sich nicht von selbst versteht.

*

Er stand für eine Konzertkarte an in einer sehr langen Reihe. Sein Vordermann drehte sich zu ihm um und bat, den Platz für ihn freizuhalten, er komme gleich zurück. Er verschwand, und kurz darauf kam ein anderer Mann, der sagte, er sei ein guter Freund desjenigen, der eben hier gestanden habe und wolle unterdessen für ihn den Platz halten. Auch dieser Mann drehte sich nach einer Weile um mit der Bemerkung, er komme gleich zurück, der Hintermann möge bitte den Platz für ihn freihalten. »Ich habe vor Ihnen gestanden!« hob er mahnend hervor. Kurz darauf kam aber ein dritter Mann und behauptete, ein guter Freund dessen zu sein, der eben noch vor dem ewigen Hintermann gestanden sei und für den er den Platz freizuhalten versprochen habe. Auch er verschwand bald wieder und ein vierter Freund kam und schließlich ein nächster und wieder ein nächster. Die Zeit verging im ständigen Wechsel der Platzhalterschaft, und als der Mann, der ursprüngliche Platzfreihalter, gerade vor der Konzertkasse angelangt war, indem nämlich der letzte der Freunde für kurz verschwunden und noch kein Ersatz aufgetaucht war, er also gerade dabei war, sein Portemonnaie zu zücken und über den freigehaltenen Platz hinweg ein Billett zu lösen, da kehrte eilends der erste und ursprüngliche Vordermann zurück, schob sich zwischen Platzfreihalter und Kasse und löste die letzte überhaupt erhältliche Konzertkarte.

Der Käufer war sich der bitteren Ironie bewußt, die es für seinen Hintermann bedeuten mußte, so lange gewartet, ihm den Vortritt bis zum letzten Augenblick freigehalten zu haben, um dann am Ende leer auszugehen. Er entschuldigte sich linkisch und grinsend für sein ›unverdientes Glück‹, wie er sich ausdrückte. Der Hintermann zuckte die Schultern und erwiderte, daß ihm das Pech schon lange an den Fersen klebe.

Er war indes neugierig zu erfahren, was es denn auf sich habe mit den vielen Freunden, wohl einem runden Dutzend, das den glücklichen Käufer stellvertretend im Warten abgelöst habe und nun ebenfalls leer ausgegangen sei?

Der Mann zeigte sich verwundert und erklärte, er habe es in seinem ganzen Leben nicht zu einem einzigen zuverlässigen Freund gebracht. Es müsse sich dabei wohl um eine Bande von Vortäuschern handeln, möglicherweise einen Schwarzmarkthändler-Ring, der sich unauffällig an seiner Stelle in die Reihe zu schieben suchte.

»Dann hätte ich niemanden vorlassen sollen!« sagte der Leerausgegangene nachdenklich.

»Eigentlich nicht, denn Sie hatten mir ja zugesagt, den Platz vor Ihnen für mich freizuhalten.«

»Stellen Sie sich vor, Sie wären einen Augenblick früher gekommen und hätten den letzten Ihrer falschen Freunde noch angetroffen: Sie hätten mich für wortbrüchig oder für einen Schwächling halten müssen.«

»Ich hätte mich in jedem Falle wieder vor Sie hingestellt.«

»Aber für mich hätte es dann geheißen: entweder oder. Entweder Sie sind es oder Ihr falscher Freund ist es, dem der Platz vor mir gebührt. Zweien auf einmal hätte ich keinen Vortritt erlaubt. Letztlich wäre die Frage dann wohl mit Armeskräften entschieden worden.«

Der Vordermann betrachtete die schmächtige Gestalt des Platzfreihalters und sagte: »Seien Sie also froh, daß das unverdiente Glück, das ich hatte, Sie vor einer solchen Entscheidung bewahrt hat.«

»Sie haben recht. Ich hätte es vermutlich nicht nur mit einem einzelnen, sondern eben mit einem ganzen Ring von falschen Freunden aufnehmen müssen, denen ich allen irrtümlicherweise die Chance bot, vor mir an eine Karte zu gelangen.«

»Und doch taten Sie es in dem Bewußtsein, immer nur mir den Platz freizuhalten, wie es zwischen uns verabredet war.«

»Sicherlich. Aber dieser Ring von Freunden hatte mich derart geblendet, er glänzte in meiner Seele, ich betrachtete ihn voller Neid und Wärme …«

*

Es ist ein junger Architekt, der schlaflos nachts sein Bett verläßt und im unteren Stockwerk sein Büro aufsucht. Auf seinem Arbeitstisch liegt ein Stapel von Computerausdrucken mit der Planzeichnung für ein großes städtisches Gebäude. Er beginnt die Papiere zu falten, in Kuverts zu stecken, zu frankieren und mit Adressen zu bekleben. Es gibt auf der Welt sicher ein Dutzend zuständige Stellen, an die er sich wenden könnte mit seinen Ideen für ein großes Gebäude.

Nicht viel später erscheint seine schlaftrunkene Frau und setzt sich in einen Sessel neben dem Bücherregal. Sie zieht ihre Beine unter das weiße Nachthemd, das ihre Schultern freigibt. Sie blinzelt in das Morgengrauen hinaus und ist nur gekommen, um mit ihm ein wenig Hoffnung zu schöpfen. Und als ihr wieder die Augenlider sinken, sagt ihr Mann:

»Weißt du, ich stand immer auf der Seite der Marionetten. Ein ewiger Schnürboden ist mir der weite Himmel. Das hat zur Folge, daß mir eine dünne Schnur, fast unsichtbar, ums Handgelenk gebunden ist … Der Menschen-Spieler sitzt in himmlischer Höhe auf seiner Beleuchtergalerie und reißt mir manchmal, wenn ihm danach ist, den Arm hoch. Gerade wenn ich mich vielleicht sehr ernsthaft mit jemandem unterhalte oder unserem Kind die Wange streichle, plötzlich wird mir der Arm in die Höhe gezogen. Und wenn ich etwa versuche, aufgeschreckt, entsetzt, im Lebenshintergrund mich zu verbergen, dann werde ich unverzüglich an der Schnur zurückgezogen in den Vordergrund.«

*

Ein Bettler saß unter dem kleinen Mond seines Zinntellers, den er über seinen Hinterkopf hob und über der eigenen Dunkelheit aufgehen ließ. Derselbe Teller, auf dem er sonst Almosen sammelte oder Brocken aus der Armenküche zerlegte mit verbogener Gabel.

Zählen, zählen. Reste zählen, Menschen zählen, sich verzählen.

Er in seinem Hochwassermäntelchen, die Ärmel hören schon vorm Handgelenk auf, die Manschetten-Ränder lösen sich in krause Fäden. Von seinem Kopf steht ein Haar-Gockel ab vom unschmiegsamen Schlaf auf Bänken und Stufen. Fährt sich ins Haar und greift nur Laub. Faßt sich an den Mund und pflückt feuchte Stengel von der Zunge. Sein Traumhaus ist das zerbrochene Gemäuer, die Ruine, der Ort des Evakuierten, offenstehend, verlassen, sein Gelaß: der seit langem geräumte Raum.

Ein solch abgerissener und an allem Gewöhnlichen unbeteiligter Mensch besaß nur die eine Leidenschaft und kannte nur die eine Manie, nämlich den machtvollen Staat, die souveräne Gewalt. Er dachte Macht und nichts als Macht. Und zwar anders als die, die nur um ihre Vorteile, um den Erhalt ihrer Privilegien besorgt sind, er besaß ja keine.

Es ist so, daß die Augen leuchten vor Begier nach herrschaftlicher Regierung, während der Leib dünstet und schwelt. Er wollte lediglich in der öffentlichen Bibliothek hocken dürfen, und es kümmerte ihn nicht, wenn andere Besucher aus seiner Nähe wichen, ihren Platz räumten, ihre Bücher und Zettel zusammenpackten, um möglichst entfernt vom schlechten Geruch an einem anderen Tisch zu sitzen.

Nach außen hin zu keiner verbindlichen Handlung bereit, als soziales Wesen mit Nein erfüllt bis über den Kragenrand, genoß er unter der Schädeldecke das Treiben seines Bewußtseins bis in dessen geheimsten Befehle, feinsten Verästelungen, Salven und Sprünge. Nur leider: An Ordnung fehlte es dort ganz und gar!

Schuld gab er den unbeaufsichtigten Ideen, die machten, daß die erwünschten Regime ihm entglitten wie der Almosen-Teller den ermüdeten Händen. Er sagte sich: Ließe ich mich etwas näher ein auf den Kram dieser Welt, so würde ich wahrscheinlich einsehen, daß wir genug haben mit allem, was nun einmal vorhanden ist. Vorhanden zu unserem Gefallen wie zu unserem Erschrecken, da und vollkommen genug. Sobald mir das Genügen zum Prinzip würde, stünde ich wieder mit den Füßen auf festem Grund. Aber wie gesagt: Die Ideen, die Ideen köpfen die Menschen!

*

In der U- Bahn ein rundes Like-Gesicht, gepiercte Lippe und Zungenspitze, sie lacht, lacht, um die Freundin neben sich günstig zu stimmen. Ja, ich heirate ... ich heirate einen Teil vom Ganzen. Den Maiki!

Die andere weiß nicht genau ... Den mit den langen schwarzen Haaren? Sie deutet einen Haarfall bis auf die Schultern an.

Und warum?

Die lachende Heiratskandidatin wird so durchsichtig, daß man schon jetzt erkennt, wie sie ihr neues Hobby, die Ehe, pflegen wird, zum Beispiel mit einer alle früheren Verbindungen löschenden Gattenanhänglichkeit.

Doch am Ende dann statt Lachen die Tränen, der heiße Kummer wegen dieser mißlungenen Freizeitbeschäftigung

Ehe. Wie durch ein zeitliches Fernrohr gesehen, erblickt sie auf einmal lauter Lügen auf Maikis geselligem Gesicht.

Dann aber sagt sie: Es ist eben für ihn steuerlich günstiger. Wir haben zwei Stunden zusammengesessen, und ich hab mich lustig über seinen Antrag gemacht. Aber er wurde rot und sagte, es ist mein voller Ernst. Und da sag ich: Wenn es dein voller Ernst ist, dann mach ich jetzt einen Witz: Ich sag Ja.

Sie war dabei, das alles passend zu erfinden – nur um die Reaktion der Freundin zu prüfen, ob sich's denn gut anließe, die Steuer, die Antrag-Szene – *und weil ich glaube, daß wir uns gut verstehen*. Heftiges, verglucksstes Lachen. Aus dem die etwas mißtrauische Freundin schließen soll, daß sie, das Like-Gesicht, es war, die treibende Kraft, die den Maiki zur Heirat drängte. Es gefiel ihr, bei der Freundin in diesem Anschein zu stehen.

Zu Ostern, ein Jahr später, das sorgfältig gemachte Bett, das aufgerichtete Kissen mit Knick, das Plaid über dem Plumeau, darauf das große Blatt Papier mit den Abschiedsworten, die schon bei tausend Abschieden dieselben waren.

*

Die heilige Isodora lebte im 4. nachchristlichen Jahrhundert im Kloster Tabenia in Gemeinschaft von vierhundert Frauen. Ihre einzige Sorge war es, immer verachtet zu werden. Sie trug Lumpen um den Kopf, nährte sich von Brotkrumen, die sie mit einem Schwamm vom Boden hob, und trank Spülwasser. Aus Liebe zur Demut und Selbsterniedrigung gab sie vor, verrückt und vom Dämon besessen zu sein, eine heilige Simulantin. Eine Närrin in Christo, Idiotin und Messie-Frau, eine

Heilige. Bei einem Besuch des berühmten Einsiedlers Pjoter gestanden viele Frauen, daß sie die Närrin gequält und mißhandelt hatten. Er aber fiel der Närrin zu Füßen und ließ sich segnen. Nachdem daraufhin im Kloster die Verachtung in Verehrung umschlug, verließ die Heilige auf der Stelle die Stätte, und ihre Spuren verloren sich im Nirgendwo.

*

Der Dichter Rilke und Elena von Wangenheim. In der Zeitung hatte bereits gestanden, der Dichter habe eine junge Adelige geschwängert. Elena ließ ihn wissen: Sie sei schwanger, aber nicht von ihm. Ihr Körper habe ja den seinen bis auf den heutigen Tag nicht ein einziges Mal empfangen.

Sie könne also nur schwanger sein von ihrem Mann, meinte der Dichter. Wann ihr Mann sie denn zuletzt berührt habe?

Sie könne sich nicht erinnern.

Er jedenfalls, Rilke, sei seit Jahresfrist mit keiner anderen adligen Frau zusammengewesen.

Zumindest das hörte sie mit Genugtuung.

Ob es nicht möglich sei, daß sich der Samen eines Dichters einer Frau auf eine andere Art einpflanze als beim gewöhnlichen Mann?

Er mußte lächeln. Es sei ihm allenfalls vorstellbar, daß die künstlich und durchaus kunstvoll ausgehaltene Distanz zwischen ihnen zu einer Art eingebildeter Schwangerschaft bei ihr geführt habe.

Von Einbildung könne keine Rede sein; sie trage aus wie jede gewöhnlich befruchtete Frau.

Eine gewöhnliche Befruchtung habe aber zwischen ihnen nie stattgefunden.

Dann sei sie eben auf ungewöhnliche Weise geschehen. Wieso aber stand es bereits in der Zeitung? Und treffe im Ergebnis sogar zu?

Die Nachricht höre er zum ersten Mal. Wäre er mehr Hypochonder, als er es tatsächlich sei, käme er nicht umhin, an ein Komplott, an eine gezielte Perfidie zu denken. Aber dann stünde sowohl sie gegen ihn wie er gegen sie in einem fatalen Zwielicht.

Und nach einer Pause fügte er hinzu: »Ehe das vorerst Ungeklärte uns gegenseitig zu verdächtigen Personen macht, verabschieden wir es lieber ins endgültig Unerklärliche und setzen unsere geduldige, langsame Annäherung fort.«

Sie fügte hinzu: Es sei möglicherweise zu einer gewissen Verwirrung ihrer beider Schritte gekommen, bei der sich der abschließende Schritt ihres Aufeinanderzugehens unter die vielen vorläufigen gemischt habe. In deren Schutz, im Schutz der unschuldigen Schritte, habe sich dann unauffällig, in Unschuld verkleidet, der letzte vollzogen. Notgedrungen, aber gewiß nicht notdürftig.

»Es heißt, daß Sie in diesen Jahren oft einen Eimer mit klarem Wasser neben Ihr Bett stellen? So wie man das zuweilen als Vorsichtsmaßnahme bei einem Weihnachtsbaum mit brennenden Kerzen zu tun pflegt.«

»Es könnte ja sein, daß das Feuer in meinem Herzen herausspringt und meine Kleider in Flammen setzt. Zu meiner Sicherheit brauche ich etwas Wasser in der Nähe.«

*

Beim Kleinkind gibt es kein Lächeln, das zur Grimasse erstarrt. Das Lächeln ist noch kein soziales Instrument wie bei dem, der schon Sprache hat. Vielmehr ist es ein für sich selbst sprechender Ausdruck, der ein Vergnügen anzeigt und nur sagen will, man möge es ihm noch einmal bereiten. Es ist weder dem Gruß noch der archaischen Vorsicht beigeordnet, den Fremden mit Lächeln auf den Lippen als möglichen Feind zu besänftigen. Es ist vielmehr autonom und will außer der Wiederholung des Vergnügens nichts anderes. Hätte man eine besondere Dolmetscherin, die laufend des Kleinkinds vielfältige Regungen in Erwachsenenworte übersetzte, so würde sie jetzt sagen: »Wie angenehm! Denken Sie nur: wie angenehm ist mir zumute!« Diese Frau, so stellt man sichs vor, spräche mit einer nüchternen, ein wenig brüchigen Stimme wie eine erfahrene Konferenz-Dolmetscherin. In freundlich unbeteiligter Diktion würde sie aus dem Innersten des Kindes berichten.

*

Die beiden trafen sich nach einer Woche zum zweiten Mal. »Ich – « sagten sie gleichzeitig und stockten, um nicht einander ins Wort zu fallen.

»Bitte, du zuerst!« Und sie sagte: »Ich liebe dich.« Er indessen, an zweiter Stelle, brachte denselben Satz, den er in der Gleichzeitigkeit schon auf den Lippen hatte, nicht mehr heraus, er entgleiste zu einem banalen: »Bist du dir sicher?«

*

In einer Bar trat ein Mann mit aschblondem Haar auf ihn zu mit den Worten: »Man sagt, du habest dich lächerlich gemacht. Der Ausgang ins Freie war ein hohes Eschenholz-Tor. Du hast es nicht aufstoßen können. Du hast nichts öffnen können, das vor dir verschlossen war. Keine Frau, keinen Wandschrank, keinen Schlagbaum. Nie hast du dich in deine Worte hinein vergessen. Du hast sie einzeln hervorgestoßen. Du hast immer gewußt, was du willst. Aber einen Willen, ohne ihn zu wissen, hast du nie besessen. Mit ihm gewiß hättest du jedes Tor aufgestoßen.«

Nachdem er ihm so seine Geringschätzung ausgesprochen hatte, gab er dem Beleidigten mit beiden Händen einen Stoß gegen die Brust, als wollte er ihn, im Sich-Abwenden, für immer von der Bildfläche stoßen.

Der Mann neigte den Kopf zwischen die hängenden Schultern und schüttelte ihn, er war jetzt zu keiner Selbstbehauptung, keinem Aufbegehren fähig.

Aber der Aschblonde kam zurück und sagte zu dem Gestoßenen: »Ich habe dich immer bewundert um der Demütigungen willen, die du ertrugst. Du bist der einzige Mensch, den ich kenne, der eine Aura um sich hat, die allein aus dem Leuchten der Erniedrigungen und der erduldeten Bosheiten besteht!«

»Laß uns nicht weiter davon sprechen«, sagte der Bewunderte.

*

Eine Frau, um die Sechzig vielleicht, etwas rundlich, tabakbraune Lederjacke, die ergrauten Haare zu einem kleinen Dutt am Hinterkopf verknotet, fährt in einem Bus die Straße entlang, in der sie aussteigen soll. Draußen fliegen die Hausnummern vorbei, 172, Nähe Tellmerplatz, es muß die nächste Station sein.

Sie steht umrundet von Gepäck, kleineren und größeren Stücken, ohne fremde Hilfe käme sie mit der ganzen Habe so schnell nicht hinaus. Nach Auflösung des Elternhauses hat sie eine Menge Kram zusammengerafft, vieles, worum sie die Schwester gebeten hat, bei der sie jetzt ihre Fuhre abladen wird. Inzwischen verflucht sie ihre Hilfsbereitschaft. Die linke Hand spielt nervös an dem Anhänger einer Reisetasche. Sie zählt Koffer, Beutel, Taschen durch, rückt sie näher zusammen. Wen fragen, ob er beim Aussteigen hilft? Die beiden angetrunkenen Kahlschädel doch wohl nicht. Die Frau mit Kinderwagen auch nicht, den zittrigen Spießer dort ...? Beim Einsteigen hat ihr ein Mitarbeiter der Verkehrsbetriebe geholfen, ein zeitweiliger Begleiter des Busfahrers. Sie will im Bus niemanden ansprechen. Sie rechnet mit jemandem, der einsteigen will und zuvor die Gepäckstücke entgegennimmt. Sie riecht auf einmal penetrant das Leder der eigenen Jacke, so stark, als besäße sie die Witterung eines Tiers. »Ich habe mich zu jung angezogen.« Mit den Fingerspitzen betastet sie die Narben im Leder und breitet die Arme aus über das Reich ihres Gepäcks. Dann ein Augenblick, in dem Unruhe, Anspannung, Besorgnis umschlagen in Müdigkeit und Gleichgültigkeit. »Wird schon schiefgehen.«

Man kann auch unter einer Salve von Selbstvorwürfen zusammenbrechen. Wenn du dich nur ein wenig deutlicher äußern könntest. Wenn du nicht so wehleidig wärst. Wozu die Menschenscheu? Solltest dich ein wenig mehr mit den Leuten um dich herum beschäftigen. Zeig dich mal interessiert an wem. Aber nein, wer dir auch vor Augen kommt, ist nicht dein

Fall. Jeden Tag versuchst du alle vorangegangenen Tage abzuschütteln, um einen nie dagewesenen Anfang zu machen. Doch der Tag wird um nichts neuer, gründlicher als die vorigen, vorläufigen.

Und sie schob, sie bugsierte ihre Sachen an die Bustür. Der Kampf begann. Die Fahrgäste rückten zum Ausstieg. Sie räumten ihr und ihrer Habe keinen Platz ein.

Müde erhob sie die Stimme und meldete, daß sie aussteigen müsse an der nächsten Station. Niemand rührte sich. Sie schob ihr Gepäck mit Händen und Knien gegen die Beine der zum Ausstieg Versammelten. Sie wurde von einem Rumoren aggressiver Ungeduld vermahnt, verschaffte sich trotzdem gewaltsam Platz, wofür sie von den Umstehenden laute Zurechtweisungen einstecken mußte. Sie erwiderte ungehalten, wobei sie das Maß ihrer Beschimpfungen nicht mehr unter Kontrolle hatte.

Es ging ausgesprochen ordinär hin und her, alles nur wegen ihrer sperrigen Fracht, alles nur der Schwester zuliebe.

Der Bus hielt, die Passagiere drängten sich vor, schoben die Beladene beiseite und traten ihr Gepäck aus dem Weg. Keiner half. Dafür hatte sie sich zu verhaßt gemacht mit ihren unflätigen Ausrufen. Und gleich nochmal: In München seien die Leute so viel menschlicher, in Berlin nur widerwärtiges Gesocks, sie habe es immer gewußt! Kaum hatte sie mit dem Ausladen begonnen, wurde sie auch vom Busfahrer über den Bordlautsprecher ermahnt: Dies sei ein Bus für Passagiere und kein Güterwagen.

In ihrer hilflosen Lage hatte sie jede Umgänglichkeit mit anderen Menschen verloren.

Und während sie noch immer Teile ihrer Habe gegen den Haufen der Zusteigenden nach draußen trug, schloß plötzlich, kaum war der letzte Zusteigende im Bus, die Tür, ohne daß die verzweifelte Frau die Reste ihres Gepäcks hätte nach draußen schaffen können. Da bekam sie einen Schreikrampf, bahnte sich einen Weg zum Fahrersitz, der Bus rollte an, die Frau kreischte dem Fahrer ins Gesicht: Schwein, du Schwein, du Nazischwein ... Anhalten, anhalten! Meine Sachen ... Und plötzlich griff sie zu dem roten Hämmerchen, mit dem man im Notfall die Fenster öffnen sollte, und schlug damit gegen die Windschutzscheibe vor dem Busfahrer.

Der brachte – einfach der Ordnung gemäß – das Fahrzeug zum Stehen, rang den Arm der zuschlagenden Frau nieder, so daß sie vor Schmerzen schrie, biß und trat. Dann rief er über Funk die Polizei, bat alle Passagiere auszusteigen und auf den nächsten Bus zu warten.

Die Frau lief den Aussteigenden hinterher zum mittleren Ausgang, zurück zum mittleren Ausgang! Wo noch ihr letztes Teil, die schwerste Reisetasche, stand. Der Fahrer schloß vor ihr die automatische Tür, und die restlichen Fahrgäste wurden gebeten, den vorderen Ausgang, den er kontrollieren konnte, zu benutzen. Er wickelte den nicht alltäglichen Vorfall ohne die geringste Spur von Erregung ab, selbstsicher und zwischenfallgeschult, während die Frau erschöpft und entgeistert, wirr und bleich, sich mit beiden Händen an einem Vordersitz festhielt. Unterdessen war der Busbegleiter, der ihr beim Einsteigen behilflich gewesen war, unversehens wieder aufgetaucht, offenbar hatte er die ganze Zeit auf dem für das Publikum gesperrten Oberdeck zugebracht. Sogleich wollte sich die Erschöpfte an ihn wenden, sie rief noch schwach: »Hallo, mein lieber Herr –«

Dann wurde ihr schwarz vor Augen und sie sank in den Gang. Auch diesen Vorfall wußte der Busfahrer ohne die geringste Unruhe oder innere Anteilnahme zu regeln. Mit Hilfe seines Kollegen wurde die Ohnmächtige krankengerecht gelagert, Gürtel und Büstenhalter gelöst, und der Fahrer rief den Krankenwagen.

Man hätte den Eindruck gewinnen können, die Männer seien auf den Vorfall gut vorbereitet gewesen, alles hätte sich geradezu verabredungsgemäß abgespielt wie bei einer Notfallübung.

Auf seinem Chauffeursitz zündete sich der Fahrer eine Zigarette an. Es brauchten zwischen ihm und dem Begleiter keine Worte gewechselt zu werden, es war selbstverständlich, daß beide bei derlei Ordnungsverstößen als Zeugen aufseiten der Verkehrsbetriebe standen. Auch der Begleiter rauchte jetzt in dem bis auf die Ohnmächtige leeren Bus. Beiden schien die Pause willkommen zu sein.

Aber die Bilder sagen nicht einfach: Einsamkeit. Dann könnte man ja einen kleinen Bleistiftstrich machen auf einer großen weißen Wand.

Man muß eine Menge Welt malen, bis eines Menschen Verlorenheit darin zum Vorschein kommt.

*

Am liebsten aber hört er Grüße. Und wenn seine Frau von jemandem ausrichtet: »Ich soll dir sagen, wie sehr er dich vermißt«, so antwortet er heiter: »Das ist schön, das hört man gern.«

Früher vernahm er oft aus solchen Grüßen den innigen Ruf: ›Laß uns bald wieder zusammenkommen!‹ Dem hatte er in der Regel stattgegeben. Man kam zusammen. Und schon war da nichts mehr von Gruß und Ruf. Dieser oder jener wollte ihn nur sehen (wie einen x-beliebigen anderen), um seine Neuigkeiten loszuwerden und seiner Eitelkeit zu frönen.

Also hat er niemanden mehr treffen wollen. Lebt nun vom Grüßen und vom Grüßenlassen.

Schlimm jedoch, daß seine Frau ihm zuweilen einen Gruß als einen so warmherzigen schildert, wie er unmöglich gewesen sein kann. Seine Frau, der er traut, obgleich sie immer wieder versucht, ihn in die Falle eines verführerisch schönen Grußes zu locken. Aus welchen trüben Gründen auch immer.

»Weißt du, wie es ist, wenn das Grüßen auf einmal schmerzt? Wenn sich das Herz vor Freude verbeugt, aber Mund und Hand rühren sich nicht? Wie wenn ein Boot mit einer musizierenden Schar flußabwärts treibt, ein Boot voll Shuffle Dance. Aber man selbst bleibt still am Ufer zurück und tänzelt vor sich hin, hüpft und wiegt sich – aber man winkt nicht. Einfach weil das Grüßen auf einmal so weh tut.«

*

Stefanie, die anrief, besorgt, weil sie keine Arbeit mehr findet. Nun ist sie fürs Geschäftsleben zu alt. Für die Männer nicht mehr interessant. Eine zerknitterte Kindfrau. Als er jung, ein störrischer, trinkender Angeber war, vor mehr als vierzig Jahren, da hatte sie ihn aufgenommen und ausgehalten. Nun kommt sie als alte Frau zurück und bittet um Herberge, sucht Unterschlupf nebenan seiner Ehe, ein kleines Zimmer nur unterm Dach, bloß vorübergehend. Ist es denn nicht recht und billig, fordert sie nicht lediglich den Ausgleich für ihre damalige Investition? Schließlich hatte sie investiert in sein Talent – einem mehr als fragwürdigen Startup-Unternehmen. Ja, sie hatte den Autor der gertenschlanken Romane vor dem

Abbruch seiner kurzen Karriere lange Zeit ermutigt und gefördert.

Nehmen wir alle Kranken und Lahmen auf in unsere Kutsche, die durch den nächtlichen Wald rollt ... Wie oft hatten sie die Hilfreichen gespielt, er und sein Sohn, als er noch ein Kind war, vor dem Einschlafen! ... Die vielen kranken Tiere, die mitfahren wollten und durften, um in der Stadt sich verarzten zu lassen ... Des Kindes Kutsche der Barmherzigkeit!

Eines Tages war sie klug aus sich geworden, Stefanie. Ihr Intrigantentum war restlos erloschen. Das behauptete sie jedenfalls von sich und gefiel sich überhaupt darin, die wichtigsten Ergebnisse ihrer Selbsterkundung nun vor den beiden Eheleuten auszubreiten. Sie gestand auch den schlechten Leumund, den sie seinerzeit als Liebesstreunerin hatte, und unterzog ihn scharfsinnigen Analysen. Führte einige drastische Beispiele an, die angeblich allesamt auf einer Fehleinschätzung ihrer Person beruhten, wenn sie auch, zugegeben, nicht völlig aus der Luft gegriffen waren, denn ... Und sie analysierte sich selbst in Grund und Boden. Ich bin, entschied sie abschließend, heute wie damals immer ein fragiles Püppchen gewesen, das, von zwei Männerhänden gepackt, sogleich in zwei Teile zerbrach.

Etwas Besonderes allerdings, ein wenig ungelenk war der Beginn: Dies unsichere Sich-Erkundigen bei einem Wiedersehen nach langer Zeit ...

ER Und deine Atembeschwerden?

STEFANIE Sind nicht besser geworden.

ER Na, siehst du. Es lag nicht an mir.

STEFANIE Lebt eigentlich die Mutter deiner Frau noch?

ER Ja, sie lebt, sie lebt! Noch einmal davongekommen.
Und wie sie lebt!

STEFANIE Wie war das damals, als plötzlich alles vorbei war?

ER Mein Gott, wie soll es gewesen sein? Aus war's.

STEFANIE Lebte eigentlich dein Vater noch, als wir das Haus auf Elba gemietet haben?

ER Ich glaube nicht. Bin mir aber nicht ganz sicher.

STEFANIE Du hast dich gar nicht verändert.

ER Ich hoffe, das hast du nicht gesagt, damit ich das Gleiche von dir sage.

STEFANIE Ich kann mich gar nicht erinnern …

ER Ich erinnere mich genau, daß du mir schriebst, er sei jetzt da, ein neuer Mann an deiner Seite.

STEFANIE Geschrieben? Geschrieben? Wozu? Ich bin ein Mensch, der dir zu gewissen Zeitpunkten, Punkten! Winzig kleinen Zeitpunkten! Zettel mit ein paar klitzekleinen Bemerkungen schickte. Deutlicher bin ich nie geworden!

ER Es ist das nackte Entsetzen: Erinnerung.

STEFANIE Das Entsetzen macht vor niemandem halt.

Dann liest sie in seinem Gesicht, wer er sei, und es beginnt ein langes Wiedererkennen.

*

Im Mittag lehnte eine warme Joggerin an ihm, wie angeweht landete sie an seiner Schulter und fragte mit schläfrigem Interesse, wie man das so mache, was er macht? Aber schon war sie weitergeweht, mit allem Laub, Unrat und Streu von Arbeit, Verabredungen, Urlaub, Eltern auf windiger Straße, doch er sah sie ein nächstes Mal. An einem Gasthaustisch saß sie bitter und bleich, von ihren Brüdern gehalten am Arm, denn sie war ausfällig geworden. Sie tobte, nachdem ihr Freund sich getrennt hatte von ihr. Der Mann, an dem sie im Mittag kurz lehnte, saß am Tisch gegenüber und suchte ihren Blick. An seiner Schulter spürte er noch den Druck der ihren. Aber sie sah durch ihn hindurch und sah ihn nicht wieder. Nur solange sie mit ihrem Freund war, wollte sie auch einem anderen Mann gefallen.

*

So lag es vor ihm, das neue Jahr: so weiß und unberührt wie die verschneiten Felder ringsumher.

Schnee und wieder Schnee und Aberschnee wie in Stifters ›Bergkristall‹, wo die Kinder nichts mehr sehen und sie von den Augen her zu erdrücken droht das wüste Weiß.

Jeder in seiner Zone. Der Dendrophile, in Liebe entbrannt zu einer schlanken jungen Hainbuche, umarmt sie, liebkost sie in ihrer kalten Kahlheit, und findet dann im Winterwald ihre Eltern am Boden übereinandergestürzt. Die Alten, die der Orkan im Herbst gefällt hat. Astlos und über fünfzehn Meter lang. Und so ein Baum in der Waagrechten, von Windwut niedergemacht, ist ja, was einem zu Sturz und Ende das gültige Sinnbild liefert. Machtlos liegt er wie ein beendeter Mensch. Nie wieder ein Schwanken, nie wieder Blättergeschwätz, kein Ästestrecken, kein Knospenschwellen. Nur noch Holz, geduldig bereit zu seiner Verarbeitung.

*

Die Schwangere oben in der Dachwohnung schiebt immer mehr Leute in ihre engen Räume. Schon die schweren Schritte der großen Ausgefüllten bringen die Dielen zum Knarren, aber die Gesellschaft erst, die sie allabendlich um sich versammelt, läßt Fenster erzittern, die Decke wackeln, der Trittschall versetzt sogar das Parkett einen Stock tiefer in Schwingungen. Offenbar ist ihr Mann heute nur deshalb von ihr angebrüllt worden, weil er versuchte, für kurze Zeit mit seiner schönen Frau allein zu sein. Der Vater ihres Kinds! Einmal für kurz mit ihr allein ... Nein, das soll er nicht. Er soll sich mäßigen als Hauptperson, als der Besondere, soll lieber einer unter anderen sein, kaum unterscheidbar für sie von den weitläufigen Freunden, wie eine Schlagzeile, die unter Vermischtes geriet. Sie kann das stickige Vorrecht ihres Mannes, sie für sich allein zu haben, so wenig ertragen wie den Zigarettenrauch, der von der unteren Etage in ihre Wohnung steigt, durch die Poren der Mauern, Fugen des Gebälks, der sie dazu bringt, schon frühmorgens wild mit dem Fuß aufzustampfen und den Raucher unter ihr ebenso zu verfluchen wie ihren unentwegt auf sie Anspruch erhebenden Mann.

Am meisten bewegt sie den Körper im An- und Abschwellen ihres Lachens vor dem Bildschirm. Man hat ihr eine sanfte Geburt versprochen, sofern sie möglichst viele Lustspiele und Filmkomödien sieht. Gleichzeitig spottet sie über den amerikanischen Gesundheitswahn, der über die Erde greift und der offenkundig einhergeht mit fortschreitender geistiger und seelischer Invalidität. Wozu denn ein leeres Körpergestell in Schuß halten!?

*

Am Rande der Armut, sagt ihr? Na, desperately poor würde ich sagen. Bis vor kurzem war ich in einem Projekt beschäftigt. Die bayrische Tourismusförderung brachte unsere alte Brettlkunst nach Osten. Ich tingelte mit einem historischen »Brettl«-Programm durch die Mark Brandenburg. Die Leute im Publikum bekamen alles umsonst, eine Schweinshaxe mit Kraut wurde ihnen aufgetischt, und dazu trug ich gemeinsam mit meinem blinden Akkordeonspieler Lieder von Wedekind und Lautensack vor. Selten, daß die stutzigen Dörfler uns während des Schmausens ein wenig Aufmerksamkeit schenkten, dennoch füllten sich zwischen Kyritz und Gramzow die Turnhallen und Gemeindesäle. Schon wegen der Schweinshaxe. Dann war die Tour vorüber, und ich hatte nichts mehr.

Im letzten halben Jahr habe ich dann praktisch nur an meiner Liebe gestrickt ... Die zarte Anspielung soll nicht verhehlen, daß mir Beziehung wie Beruf schwer auf der Seele liegen. Vater meines dreijährigen Jungen ist ein Bulgare, den man als Clown und Pantomimen auf Vereinstagen, Betriebsfesten und Kindergeburtstagen mieten kann. Stumm übt er seinen Beruf aus, und so ist es nicht weiter verwunderlich, daß er kaum Deutsch spricht. Rührende, sentimentale Pantomimen sind seine Stärke, und deshalb war er bisher auch nicht besonders erfolgreich. Aber auf internationalen Pantomime-Festivals wurde er mehrmals ausgezeichnet. Manchmal betrachte ich mir meinen Jungen und sage mir: Der kommt nun von diesem fremden Mann, mit dem ich noch nie eine einfache Unterhaltung führen konnte. Weil er aus seiner Sprache nicht rauswill, sich hinter ihr, einem Stück Heimat, buchstäblich verschanzt. Aber macht mir das Kind und liebt das Kind, aber richtig reden können die beiden nicht miteinander. Jetzt, wo er älter wird, möchte er doch von seinem Vater etwas hören, Geschichten, Erklärungen, die ihm im Gedächtnis bleiben. Er spricht ja ein bißchen, wenn auch nicht flüssig, es fehlt ihm die Melodie und das Wirksame der Sprache. Wenn er sich mit seinen Gebärden und seinem pantomimischen »Geplapper« (so schimpfe ich manchmal!) aus der Affäre zieht, dann möchte ich am liebsten alles hinwerfen. Also habe ich das letzte halbe Jahr nur an meiner Liebe gearbeitet …

Deine Brüste sind flach, mimte er gestern, sehen aus wie ein Weihnachtsplätzchen mit ’nem Schokoladentupfer obendrauf.

*

Um endlich alltäglicher als der Alltag zu werden, schildere man die Verhältnisse eines jungen Mietshausbesitzers, der gegen seinen türkischen Hausmeister einen Prozeß führt, weil dieser die ihm zur Verfügung gestellte Souterrainwohnung in ein Ladengeschäft wandelte, während über dem Streit die Tochter des Beklagten demonstrativ zur Geliebten des Klägers wird, der aber den Prozeß schließlich verliert, worauf die Tochter sich wieder dem Vater annähert, als dem Gewinner und also dem Stärkeren, während der junge Hausbesitzer am Ende nichts als sein Haus besitzt.

*

Und er findet das Mädchen aus dem Elfenland und spricht mit der einsamen Elfe, die von großer Klugheit müde war, vor Müdigkeit aber schlaflos.

»Und in der Nacht?«

»Ist es wie am Tag. Immer nur denken, denken, denken. John Searle sagt, es wird keine starke AI geben, der Computer kann nur mit Symbolen arbeiten, findet keinen Zugang zur Bedeutung, ist unfähig zur Semantik. Die Churchlands sagen, das trifft nur für den Parallelcomputer zu. Der neuronale Rechner der Zukunft wird auch die Bedeutung kennen.«

Das hübsche Mischblut spricht, das Halb-und-Halb aus Märchenfee und IT-Kundiger, die junge Frau mit den Kleinmädchenzöpfen. Neben ihr steht der hagere Junge, der immerzu Miene macht zu den Umstehenden hin, wenn die Begabte, ohne daß sie jemand recht verstünde, dies und das, immer Wissenwertes, manchmal ein wenig von gestern, von sich gibt. Bei scheinbarem Verstehen nickt er, den Anflug eines überlegenen Lächelns um den Mund, das kurz darauf einem Ausdruck der Ergebenheit weicht. Dabei erinnert seine Miene ein wenig an den Sprechstallmeister im Zirkus, der einen Tanzbären in der Arena vorführt, hier jedoch, als ob es mit einer gewissen Schüchternheit vor dem Tier geschähe.

»Die kleinste Einheit von menschlicher Zeitwahrnehmung: dreißig Millisekunden. Der Flügelschlag einer Stubenfliege dauert drei Millisekunden, ist also für den Menschen nicht wahrnehmbar; der Wimpernschlag eines Menschen dauert hundert Millisekunden; ein AI-PC wird während eines menschlichen Wimpernschlags hundert Geschäfte tätigen. Die Identifikation eines Schmerzes dauert etwa eine halbe Sekunde.«

*

Greift er zum Handy, um zu telefonieren, reißt sie ihm den Apparat aus der Hand. Nimmt er ein Taschentuch, einen Schal, ein Buch, stets schlägt sie ihm die Dinge aus der Hand, ohne ein Wort, während sie gleichzeitig einem Besucher Rede und Antwort steht und dabei seitwärts ihren nach der Kleiderbürste greifenden Mann anzischt: »Laß es!«

Als so ein Besucher aber einmal sagt: »Es zeigt sich nicht der geringste Hoffnungsschimmer am Horizont«, da bricht es aus dem Nebenstehenden, ihrem Mann, hervor, als hätte es sich seit langem in ihm angestaut:

»Es gibt genügend Hoffnung auf der Welt. Bei Geschäftsleuten, Kranken, Verliebten und Pauschalreisenden. Hoffnung muß man deshalb noch lange nicht in der Verfassung verankern. Man hat sie oder man hat sie nicht. Da liegt nichts Diskriminierendes vor. Hoffnung ist ja kein Rechtsgut. Man sollte nicht soviel davon hermachen. Hoffnung ist per se was Stilles. Stille Hoffnung, sagt man ja. Stille Hoffnung macht stark. Oder ist tief.«

Seine Frau wendet sich an den Besucher und sagt: »Die Worte, die er in den Mund nimmt, sind mir allemal lieber als alles, was er in die Hände nimmt.«

*

Juva hieß sie und bat ihn, so schnell wie möglich zu ihr, der neuen Freundin, zu kommen. Er wollte die S-Bahn-Karte lösen an einem der letzten Kartenschalter, die es gab in Berlin. Die Kartenverkäuferin hatte aber ihre Kinder dabei, die spielten mit Geld, und als er seine vier Euro in die Schale legte, überschütteten sie sie mit einer Flut von Ein-Cent-Münzen. Dazu riefen sie aufgeregt und zornig: Du mußt dossen, du mußt dossen! Er wußte nicht, was das Wort bedeutete, und sagte, er sei in Eile und könne jetzt nicht spielen. Sein Geld lag unter einem Berg verkupferter Münzen begraben, er bekam keine Fahrkarte. Du mußt dossen! Die Mutter und Kartenverkäuferin lachte über seine Begriffsstutzigkeit. Wahrscheinlich war's ein Spiel, das sich in den Game-Medien schnell verbreitet hatte, ohne daß er etwas davon mitbekommen hätte, wie üblich. Er fluchte heftig und ließ sein Geld begraben sein. Rannte auf den Bahnsteig, um als Schwarzfahrer in den Zug zu steigen.

Es ging ihm an diesem Morgen so, als ob er nicht länger das Subjekt seiner Handlungen wäre. Ein ungeschickter Anruf von ihm hatte zur Folge, daß sein Freund Udo nicht zu einer Prüfung zugelassen wurde. Unterdessen hatte er nun mit einer ihm noch unbekannten Juva eine Verabredung getroffen und bekam dafür auf dem Handy von *irgend jemandem* »einen Freude-Punkt« gutgeschrieben. Ihm schien, es war eine einzige Verkettung von Game-Fallen, in die sein Handeln ihn verwickelte. Darin einbeschlossen einige Postings, die ihn mit zweifelhaften Versprechungen von seinem Weg zu einem neuen Menschen ablenken wollten.

*

»Bitte, kann ich dich sprechen?« Gut. Auf einen letzten Gang! Im Park, zur Mittagspause. Im Winterwasser und im Schmutz der Wege, wenn in hechtgrauen Wolken die weiße Sonne schwebt. Es war keine Erklärung mehr nötig. Es war nur noch ein einfaches Gehen. Und sein Stehenbleiben ab und an, da er's nicht fassen will oder kann, und ein Kopfschütteln zu Boden hinab über sein kindisches Weh. Jetzt im Park war ihm, als hörten die kurzen Schritte nicht auf, als gingen sie noch einmal die langen Wege zusammen, die tausend und abertausend Schritte nebeneinander. Ihr aber grau nur und lieblos erinnerlich: alles ist Gehen. *Wir* sind schon fort.

*

Im Strudel einer aus dem Musical strömenden und einer zweiten, zur Kaufhauspassage vordringenden Menge, im großen Gewühl vieler Menschen, die einen sich hinaus-, die anderen sich voranschiebend, stand eingezwängt der Autor Mansholt, und auf den ersten Blick (vielleicht vom Rand des Geschehens) schien es, als ob man sich um ihn drängte, denn er ragte hervor, der magere Greis. Doch die Menge beachtete ihn nicht, sondern der eine Teil strebte zum wahren Star des Begehrens, nämlich zu einem Mediamarkt, der um Mitternacht mit dem Verkauf einer süchtig erwarteten Neuheit beginnen würde. Mansholt, der hochgewachsene Herr, wurde ein wenig mitgerissen. Geschützt von seinem Begleiter, stemmte er sich zunächst gegen eine Richtung, die er nicht einschlagen wollte, doch der Wirbel der Menge gab ihn nicht frei. Und dabei befand sich hier nur ein winziger Teil der Millionen Erdenbürger, die zu gleicher Zeit in aller Herren Länder anstanden für die neue Spielkonsole und rangelnd sich vorankämpften, um sich den Erstzugriff zu sichern.

Siehe, das sind nun unsere Krieger, verehrter Reichsverkünder, teurer Stefan George, murmelte sein beflissener Begleiter, um dem Dichter eine Vorlage zu schärferen Ansichten zu liefern.

Mansholt aber stand still im Gedränge und empfand sich für eine Weile von der Masse ununterschieden. Auch wenn er daran gehindert war, seinen Weg fortzusetzen, fühlte er sich nicht bedroht. Niemand rempelte ihn an, keiner trat ihm auf die Füße, die beiden Strömungen hatten sich ineinander vermengt, gegenseitig gestaut, nichts bewegte sich mehr, alle standen fest. Warten wir also, bis sich eine neue Strömung bildet, die uns förmlich aus der Passage tragen wird ... Im Stillstand kamen ihm einige noch ungeprüfte Gedanken, die alle auf ein Lob des Stillstands hinauswollten. Was ist denn: zupacken, in Angriff nehmen, vorankommen? Auf was hin leben die Leute? (fragte sich einst Hugo von Hofmannsthal). Natürlich war ihm seine Lage befremdlich und unbequem, aber die Menge machte ihm weniger zu schaffen als es inzwischen der einzelne Mensch tat, der ihm zusehends eine schwere Prüfung und ein Rätsel geworden war. Er verspürte jetzt eine Bescheidenheit der Befremdung, fast eine Zartheit, es nicht zu verstehen, auf was hin die Leute leben.

Für den Autor Mansholt gab es keine erzählten Geschichten, keine Handlungsverläufe – nur und allein Sphäre, Hülle und »Sillage« (das Nachwehen eines Dufts) waren für ihn von Interesse. In Anbetracht seiner gegenwärtigen Lage, im Gehege der Menge, entstand ihm die Vision von einem endgültigen und absoluten Stillstand. Von vollkommener Eingeschlossenheit in das tiefe Innere des Bergs, in dem seine Sprache, das vielsagende Deutsch, wie der Bart des Kaisers durch den steinernen Tisch wuchs. Es war ihm, dem Autor philosophischer Märchen, unmöglich, die Metapher von der nächtlichen Zwischenzeit, vom Interregnum der Verdunkelung, in Anlehnung an Petrarcas *tenebrae*-Periode, die angeblich zwischen Antike und Renaissance währte, jemals aufzugeben. Als Dichter blieb er ein Gefangener dieser Metapher; er mußte sie, als wäre ihm eine poetische Fron auferlegt, immer aufs neue variieren und, sobald sie eine leere zu werden drohte, mit frischem Stoff versehen.

Da aber schlug es auf fernöstlichem Gong in der Passage Mitternacht. Der Haufe rührte sich. Der Elektronikmarkt öffnete die Tore. Ein Großteil der Menge strömte nun in die Schlacht um die neuen Spielkonsolen, die der Laden mit erster Lieferung erhalten hatte. Das Gedränge löste sich. Sein Begleiter griff dem alten Phantasten unter die Arme und führte ihn auf den Heimweg.

*

Die Kassiererin kommentiert die Waren, die ihr die Kunden aufs Laufband legen, skeptisch und nicht selten vorwurfsvoll: Was machen Sie denn damit?! Oder: Ihnen scheint es ja auf den Preis nicht anzukommen. Oder: Oh, dies Deodorant kenne ich! Damit können Sie meine Hühner verjagen!

Jemand fragt: Ist das Ihr letzter Tag heute? Sie antwortet: Ich lasse mir von niemandem den Mund verbieten. Ich fange hier heute erst an. Ich war immer eine kritische Verbraucherin und das bleibe ich auch hinter der Ladenkasse.

– Prima!

– Sie mit Ihrem »Prima!« Das ist Kolonialwarendeutsch. Prima Gewürzgurken! Prima Wollsocken! Da sind mir *echt geil, total gut cool* und *supi* doch lieber.

*

Öffnet er den Wasserhahn über dem Waschbecken, kommt nur ein Fauchen heraus, das mit Stimmen der Straße versetzt ist.

Ansonsten Ruhe. Bis die Eine zurückkehrt, die Unerbittliche, die ihren Liebsten wieder einmal mit Vorwürfen begrüßt, nämlich daß er sich »eingereiht« habe.

»Ja, du hast dich eingereiht ... Deine Flugblätter gegen das Unrecht stapeln sich im Korridor. Sie gelangen nicht mehr nach draußen unter die Leute. Wir ersticken an Appellen, die nie ausgerufen werden.

Gegen die Stadtplaner nicht, gegen die Rauschgifthändler nicht, gegen die Klimaschänder nicht. Diese geduldete Gemeinschaft von Betrügern, Unmenschen und Scharlatanen! ... Himmel, wie habe ich mich auf dich gefreut! Vielleicht war es nur, weil der Körper, der ganze Frauenmensch, einen Aufschwung braucht und sich wieder mal einen Aufschwung verschaffen muß. Weil man doch in diesem lautlosen Dahinleben ab und an mal aufleben muß, einmal so richtig aufleben, sonst verläuft man ja im Sande.«

»Nein, Wanda, so kann man das nicht sagen. Wenn überhaupt, so ist es eben deine ganze Art, die dazu führt, daß wir an diese jugendlichen Vorfälle, nenn es Liebesleben, nenn es Protestbewegung, anknüpfen und diese jugendlichen Vorfälle versuchen, möglichst originalgetreu nachzuahmen. Anderen, Tausenden, geht es nicht anders. Aber du hast eben eine Art, die alles sehr schwer nimmt.«

»Ach, ich habe nie aufgegeben. Ich wende mich mit blindem Fleiß an ein sicher gespürtes Gegenüber, mit dem ich Übereinstimmung empfinde. Aber wie es manchmal so ist, daß man bei halbgeöffneter Tür zu jemandem spricht im Nebenzimmer und gar nicht mitbekommen hat, daß er schon fortgegangen ist, so wie du jetzt, mein sicheres Gegenüber, aus dem Nebenzimmer längst verschwunden bist. Doch das Ansprechen steckt zu tief in meiner Sprache, als daß ich wegen ein bißchen Abwesenheit aufhören könnte, zu dir zu sprechen.«

Früher hätte man gesagt: Sie war nah am Wasser gebaut. Sie weinte mit offenen Augen – nicht vor Glück, noch weniger vor Traurigkeit, sondern beim geringsten Anflug von Sympathie mit irgendwem. Übereinstimmung rührte sie. Die Tränen standen im Stau, sie warteten darauf zu fließen. Doch war es nie Betrübnis, nie Wonne, was ihren ungehemmten Lauf auslöste. Der Tropfen schwoll unterm Lid, sobald sie ein Einverständnis mit jemand anderem fand. Mit seiner Meinung, seinem Gesicht, seinem Charakter – schon rannen die Tränen

*

Sie hat ein Haus geerbt. Die hübsche Metallarbeiterin schwärmt vom Haus ihrer Eltern, beide kürzlich verstorben, lauter Nischen im Haus, grundgemütlich, sofort beziehbar übrigens, das Haus, und sie schildert alles Gute daran einem jungen Mann, der zwar verheiratet ist, ihr aber über die Wochenenden als Liebhaber dient, schwärmt immer heftiger, fast aufsässig, will ihn hineinlocken ins Haus, ja geradezu hineinstoßen, während sie die Pizza aus der Verpackung zieht. Der Mann dreht unterdessen immer nervöser den Ehering um den Finger und lächelt schief – ungläubig und kopfschüttelnd. Doch halbwegs so, als stehe er bereits jenseits der Schwelle und könne es nur noch nicht fassen.

Trotz vieler Güter, trotz großen Besitzes – die Liebe erstickt nicht am Haben. Sie regt sich unter allen Umständen, auch ohne jeden Funken Ferne und Sehnsucht. Und ist doch Liebe – mit ziemlich viel Freuden und Wunden. Liebe kennt keinen Sollwert, ist unzensierbar, und jede Erfahrung, auch die abwegigste, läßt sich mit ihr verbinden .... Wir wissen doch gar nicht, was man da sieht auf den ersten Blick. ... Wir kennen doch die Geheimsprache des Anscheins nicht, der immer noch, wie eh und je, über die Zeiten und Generationen hin sein Erstlingsrecht behauptet.

Der Anschein! Der Anschein, möge er lange währen!

Wie war das also mit den beiden?

Zunächst sind sie rasch unterwegs. Laufen, laufen. Sie stolpert hinter ihm her, er dreht sich um, sie bleiben stehen, sie reden. Ein andermal geht's eilend die Treppe hinunter – er schlüpft die Stufen hinab. Sie bleibt stehen, ruft ihn an. Er kommt zurück, hakt sich ein, sie gehen gemeinsam hinunter.

Auf dem Smartphone erscheint seine Frau auf Reisen: »Bring mir den Sohn heil zurück! Achte auf ihn. Sei nicht nachlässig. Lauf nicht jedem Leckerli hinterher. Laß nicht überall etwas liegen. Achte auf deine Schritte, verlier dein Kind nicht aus den Augen!«

Er will nicht mehr gehen. Lehnt sich an oder setzt sich auf eine Treppenstufe. Und sie ist es, die ihm gut zuredet. Drei Stufen über ihm spricht sie in seinen Rücken:

– Aber von irgendetwas muß doch zwischen uns die Rede sein?!

– Vielleicht geht's eher darum, irgendetwas wieder ungesagt zu machen.

– Wozu es wohl am besten wär, es unter Weiterreden zu begraben.

Schließlich beide in blöder Betrunkenheit, wo sie auf allen

vieren kriecht und er sich noch über sie lustig macht, torkelnd, schlingernd.

Laufen wie im Musical, in der Filmkomödie – auf der Stelle laufen und den Hut schwenken zum Publikum.

Rennen zum Bahnhof. Bis er außer Atem gerät und nicht mehr kann.

Schuhe ausziehen und barfuß gehen: wie zum Verführen.

Schuhe schnüren wie vor einer Bergwanderung.

»Du willst mir deine Gangart, mein Geliebter, in die träge Masse meiner Stunden deine schnellen Schritte pressen? Dein Tempo, deine Ideale. Gegen mich, die langsam lebt und langsam breiter wird?«

»Bedenke doch, jeder gemessene Meter ist neu zu messen. Kürzlich hat man eine winzige Fehlberechnung des Urmetermaßes entdeckt. Alle Entfernungsangaben, die jemals gemacht wurden auf Erden, müssen nun *leicht* korrigiert werden. Dem wird sich auch das menschliche Schrittmaß anpassen.«

»Während die Welt täglich geschickter wird, umarmen sich zwei Liebende immer unbeholfener.«

Manchmal war es wie ein Blitzschlag, als ob sie einander wieder Unbekannte wären und sich noch einmal kennenlernten. Dann schritten sie aufs neue durch die Flamme des Anfangs.

Das Um-und-um-Rücken der Möbel, wie's jeweils besser gefiele, ihrer beider Fleiß, eine Anordnung der Möbel für ein *endgültiges* Wohnen zu schaffen. Dabei ließ schon das leichte Verrücken, die umstandslose Veränderbarkeit des Inventars befürchten, daß hier wieder nur ein vorübergehendes Eingerichtetsein erreicht wurde.

Zum Abschied dann das stille Beieinanderstehen, während ein untergründiges Rumoren die hohen Gläser in der Vitrine erzittern, leise klingeln ließ, des Tages letzte U-Bahn fuhr unterm Haus vorbei.

*

Ist das noch zu bezahlen? Kannst du das bezahlen? Ich kann es nicht mehr bezahlen, ich weiß gar nicht, wie man so etwas noch bezahlen soll. Wie machst du das? Du sprichst nicht drüber, du bezahlst einfach. Man weiß nicht: Erschreckt dich das eigentlich? Wenn du so viel bezahlen mußt? Man sieht dir nichts an. Das möchte ich können. In deiner Lage mich befinden und wortlos bezahlen, ohne Gesichtsausdruck. Keiner weiß, was du denkst. Gern tust du's nicht, soviel darf man voraussetzen. Aber es könnte ja sein, daß es dir nichts ausmacht. Das wäre … das wäre einfach phantastisch! Wenn ich so dasitzen könnte, zahlen, runterschlucken, aufstehen und fortgehen, als wäre nichts gewesen, vorbei und vergessen. Wenn ich dagegen so etwas bezahlen soll, wenn ich so eine Rechnung in die Hände bekomme, dann fällt vor mir ein Eisengitter herab, ich stehe schon im Gefängnis, ich stehe vorm Ende der Welt, das mit Brettern vernagelt ist. Ich weiß: Ich-kann-das-nicht-bezahlen! Das ist ein Schock. Ich starre wie gelähmt auf die Rechnung, als wäre sie mein eigner Totenschein … Wenn ich nur wüßte, wie du so etwas noch bezahlen kannst? Es regt mich auf, ich empfinde es als Demütigung, diese Ziffern, diese kaltschnäuzige, gemeine Forderung, eine schreiende Ungerechtigkeit. Dafür soll ich meine Wertbestände plündern? Für nichts, für beinah nichts! Und das noch schlecht ausgeführt. Aber du – du kannst es bezahlen, ohne mit der Wimper zu zucken. Frißt es stumm in dich hinein. Diese gesenkten Lider, diese eiserne Verachtung gegen das da unten, dieses niedrigste Stück Papier!

Aber wenn du es tust, wenn du so etwas bezahlst, ist es dann so, daß dir das Gefühl der tödlichen Verachtung dabei hilft, daß es dich emporträgt, eine Verachtung, wie du sie nur für diese eiskalten Ziffern und niemals für einen Menschen empfinden könntest? Ist es das? Erhebt es dich, so etwas zu bezahlen, den Wisch letztlich mit der Fußspitze aus dem Weg zu stoßen? Die Demütigung nicht anzunehmen, sondern auf Heller und Pfennig … *die Rechnung zu begleichen*, wie man unter streitenden Männern manchmal sagt, aber auch zwischen Mann und Frau, gegebenenfalls, aber kein Mann, keine Frau steht hier zur Debatte, nur diese erbärmlichen Ziffern. Irgendein Computer hat sie ausgespuckt. Maschinenschrift! Maschinenschrift! … Aber letztlich kommen wir dem Geheimnis nicht näher, weshalb du sowas überhaupt noch bezahlen kannst? Das ist für mich, die deine Lebensführung ein bißchen im Auge hat, ein Rätsel. Natürlich, jeder kann das bezahlen. So ist es nicht. Er braucht ja nur Schulden zu machen. Sich Geld leihen. Aber machst du Schulden? Lebst du auf Pump? Du siehst nicht so aus. Du siehst einfach nicht so aus. Du hast Geld, und du hast eine ganz bestimmte Haltung zum Geld. So geht man nicht mit Geliehenem um, das sieht ganz anders aus. Aber damit muß ich leben. Wenn du das hier bezahlst, bin ich bereit, mir den Kopf darüber zu zerbrechen, wieso du so etwas überhaupt bezahlen kannst. Ich bin sogar bereit, dabei zu keinem Schluß zu kommen und es irgendwann als gegeben hinzunehmen. Der bezahlt sowas. Der kann das eben. Basta. Ich kann das nicht bezahlen

*

Dieser stille, gehemmte Arzt, der auf seinen Patienten einsprechen will, aber nichts herausbringt. Der ihm aber folgt beim Einkauf, im Restaurant am Nebentisch sitzt, beim Dessert über den Gang hin fragt: »Wie fühlen Sie sich?« Bei einer Bootspartie dicht neben ihm seinen Kahn bewegt. Schließlich stellt der Verfolgte ihn zur Rede, und nun muß er reden. »Ich möchte Kontakt zu Ihnen halten.« Ist es so schlimm? »Das würde ich – *so* – nicht sagen.« Haben Sie mir etwas verschwiegen? »Verschwiegen habe ich nichts. Ich kann es nur nicht genau genug sagen. Die Befunde, die vorliegen – «

Es hieß doch, sie seien soweit in Ordnung.

»Sie sind *soweit* in Ordnung. Aber eben nur – soweit. Ich dachte, ich sollte –« Was? »Ich sollte Sie für eine Weile nicht aus dem Auge lassen. Wie fühlen Sie sich?« Nun ja. Es ist natürlich beunruhigend, wenn ein Arzt hinter einem her ist, einem auf demFuße folgt.

»Verstehen Sie mich recht: Ich taste mich an etwas heran, das ich nicht restlos geklärt habe. Das Krankheitsbild, das sich bei Ihnen zeigt – « Was für eine Krankheit, was für ein Bild!? Was haben Sie bei mir gefunden?

»Es läßt sich eben nicht eindeutig feststellen, um welches Krankheitsbild genau es sich handelt.«

In welche Richtung gehen Ihre Vermutungen?

»Das kann ich jetzt noch nicht sagen. Ich müßte Sie dafür noch eine Zeitlang in Ihrem Alltagsverhalten beobachten.«

Mein Verhalten, indem ich nun weiß, daß Sie es so beflissen beobachten, kann wohl kaum noch ein alltägliches genannt werden. Aber tun Sie, was Sie für nötig erachten, um mich vor Schlimmerem zu bewahren. Ich wiederum tue so, als wüßte ich von nichts.

*

Der verendende Schuh. Auf den marmorierten Fliesen des Entrées, ganz allein, der Damenschuh mit halbhohem Absatz, liegengeblieben, zur Seite gekippt, und wie er sich biegt und windet, wie er versucht sich aufzurichten, auf den Absatz zu kommen, um gerade zu stehen, dann aber umfällt, ruht und schwer atmet, sich streckt und einmal um die eigene Achse dreht, sich zusammenzieht und wieder dehnt, dann ist es vorbei, der Schuh ist tot.

*

Eine Ungeduldige, schlagfertig, eher zweitklassig gekleidet, weil für Klamotten nie genug Geld übrigblieb. Eine, die mit »geistiger Beratung« notdürftig den Lebensunterhalt besorgt, Masterarbeit in Philosophie, hin und wieder Ghostwriterin für Publikumslieblinge.

Eine unzulänglich Selbstbewußte, sie wüßte wohl nicht, welche Gebärde, sich attraktiv zu genieren beim Umkleiden, am besten zu ihr paßte. Nach dem gemeinsamen Bad im See zog sie ein langes leichtes Kleid über, unter dem sie den nassen Badeanzug abstreifte mit hin und her ruckelnder Hüfte, vor seinen Augen fiel das Teil auf ihre nackten Füße, während beide ihr Streit-Gespräch nicht unterbrachen. Das Kleid hatte im Rücken einen tiefen Ausschnitt und sie fingerte ohne Zweck hinten am Reißverschluß, als ob sie des anderen Dorthinblicken ebenso provozieren wie es zugleich behindern wollte. Auch störte es sie und kam ihr nur zu gelegen, daß er ihr jetzt in den zu ihren Behauptungen passenden, besonders ausschreitenden Schritt sah. Er wiederum war nur an ihren Verlegenheiten, keineswegs an einer Gelegenheit interessiert.

»Was soll ich dich fragen? Was wüßt ich noch nicht? Wie lange kennen wir uns jetzt?«

Zwei, die sich noch unsicher sind, lauschen aufeinander, ob in dem, wovon sie sprechen, nicht irgendein Wort auftaucht, das ihnen die Augen öffnet und sie plötzlich ausrufen läßt: Wir werden ein Kind zusammen haben!

*

An einen Entwertungsautomaten am U-Bahnsteig lehnt sie sich, die Zeitungsausträgerin, vor Kälte zitternd am frühen Morgen, einen Plastikbecher mit heißem Kaffee auf dem roten Kasten absetzend, eine Schale mit Pommes in der anderen Hand. Dann eine Ansage und laut ruft sie zum Lautsprecher hinauf: »Du! Laß mich nicht im Regen stehen.«

Da antwortet der Lautsprecher ihr: »Wenn die Männer kommen und ihre Fahrkarten unter deinem Arm hindurch in den Automaten stecken … unter ihnen achte auf den einen Ungeschickten!«

»Thanks. Your name will be on my lips tonight.«

*

Die Drei, die jede erwünschte Gestalt annehmen können, wenn sie in einer Versammlung von Menschen sich bewegen, in einer Hotelhalle, auf dem Bahnsteig, in der Konzertpause. Sanft durch die Kleider leuchtende Körper. Mal da, mal dort nippen sie an einem Gespräch oder schleichen sich ins Vertrauen und kommen jedem, bei dem sie stehenbleiben, von irgendwoher bekannt vor. Auch wenn sie flüsternd ihre Anweisungen, ganz leise Befehle geben: Kauf nie das Fleisch aus

Megaställen. Setze dich nie auf eine Parkbank, die von der Sparkasse gestiftet wurde. Etc.

Später am Tresen, auf hohen Hockern, wieder die Drei, Essen schaufelnd. Klotho, wie sie ihre Waden um die Beine des Hockers windet, Lachesis, die ihre Knie stößt gegen den Tresen, Atropos, die ihre Füße lose baumeln läßt. Über den Ausschank gelehnt, spreizen sie die Ellbogen ab, deren Ende mit moiren-typischen Ellbogenzuspitzungen versehen waren. Protopersonen. Grundwesen, aus denen seit Urzeiten die verschiedensten Personen – Abzweige, Varianten, Mischungen und Mutationen hervorgehen.

»Und wenn wir mit den Männern waren, kamen wir schnell zum Höhepunkt. Freilich war's ein Höhepunkt des Entsetzens, nicht der Lust.«

»Seht nur, wie leicht die Menschen ihre Zugehörigkeiten wechseln! Nur weil die einen die einen, die anderen die anderen sind, und niemand könnte sagen, weshalb es sich so verhält.«

»Ich schreibe keine Briefe an einen fernen Geliebten. Ich schreibe meine Briefe an die vielen, den Haufen, die Menge. ›Liebste Zufälle!‹, ›Geneigte Möglichkeiten!‹, ›Verehrte flüchtige Anblicke!‹, ›Geschätzte Vorbeischauende!‹ Für euch schlägt mein Herz: Ihr unübersehbar vielen!«

Dann noch einmal: Die Drei in blauen Leinenkleidern, eng beieinanderstehend, etwas erhöht im Wind. Ein Menschenkundler zeigt auf sie und redet etwas abschätzig, etwas verlegen über diese »Personalunion«, drei Grundfiguren unserer Phantasie, unserer Ängste, unserer Wünsche und Gelüste, unserer Mythen und Märchen.

»Jede für sich wäre eine vernünftige Frau geworden. Aber

zu dritt, wie sie sich fanden, bilden sie eine *Kon-stella-tion*. Sie verstehen, das kommt von stella, der Stern. Ein Gestirn. Zu dritt haben sie das Sagen.«

*

König David ruft Bathseba zu sich.

DAVID Wie heißt du?

BATHSEBA Bathseba.

DAVID Zu wem gehörst du?

BATHSEBA Mein Gemahl ist der Feldherr Urija.

DAVID Ah! Urija, der Hethiter. Ich kenne ihn. Er kämpft vor Rabathas.

BATHSEBA Er ist ein tapferer Mann. Urija ist nicht oft im Haus.

DAVID Ich habe dich rufen lassen, um dich um Verzeihung zu bitten.

BATHSEBA Weshalb?

DAVID Ich stand auf dem Söller und sah dir beim Bad zu.

BATHSEBA Ah!

DAVID Ich habe mich nicht abgewendet.

BATHSEBA Ich – ich schäme mich nicht.

DAVID Ich habe dich gesehen.

BATHSEBA Das ist kein Grund, mich um Verzeihung zu bitten.

DAVID Nimmst du immer dein Bad auf dem Dach am Abend?

BATHSEBA Wenn Urija nicht im Haus ist.

DAVID Hast du dich nicht angesehen gefühlt?

BATHSEBA *schweigt*

DAVID Hast du mich gesehen?

BATHSEBA Ich wußte, daß du seit einigen Tagen wieder im Palast wohnst.

DAVID Du hast dich mir – gezeigt?
Ich habe dich nicht zufällig gesehen?

BATHSEBA Als ich mich wusch? Sahst du eine befangene Bewegung an meinem Körper?

DAVID Ich war mir nicht sicher.

BATHSEBA Hast du nicht bemerkt, wie ich im Bad all meinen Bewegungen befahl, wie unbeobachtet zu sein?

DAVID Nein.

BATHSEBA Dann hast du mich nicht ganz und gar gesehen.

DAVID Du hast dich mir gezeigt!

BATHSEBA Ohne es dir zu zeigen.

DAVID Zieh dich aus.

*

Sie sprechen nicht unsere Sprache?

Wenn in der Tiefe der Ebene der vollkommen Fremde erscheint, ankommt, weit entfernt noch von ihr, die einsam im Vordergrund steht und ins Grenzenlose ausblickt, anstatt sich zu dem Eintreffenden herumzudrehen.

Da ist einer, der ankommt, weit entfernt noch von mir, die ich ihn in meinem Rücken erwarte, jemanden, dessen Schatten einmal an meinen Nacken stoßen wird.

Du sprichst nicht unsere Sprache?

Komm! Komm! rufe ich. Oder flüstere: Warum bleibst du so weit?

Du kommst und näherst dich nicht. Ich fühle dein Haar, deine Schultern, deinen Schritt. Komm doch! Was ist so unüberwindlich an dieser letzten Strecke? Du kannst doch schreiten, schreite doch! … Nein, ich darf mich nicht umdrehen (wenn es das ist?). Nicht umdrehen. Warten muß ich, bis du hinter mir *angekommen* bist. Ich will dich angekommen sehen oder will dich nie im Leben sehen. Hier stand ich, ausgesprochen hoffnungslos, schon sehr lange, kaum länger möglich, und stehen bleib ich, selbst wenn Erwartung mich aufzehrt wie Feuer das Reisig. Komm, hier gibt es nichts zu tun. Untätig sollst du sein und dich ausruhen. Komm, und wenn du unsere Sprache nicht sprichst, dann grüße mich. Grüß mich. Warum tust du's nicht? Warum läßt du mich endlos rufen und reden? Den Gruß! Damit ich stumm erwidern kann. Den Gruß!

Damit ich mein Ja! drauf schweige.

Du bist nie hier in der Gegend gewesen. Du kommst hier an zum ersten Mal. Du weißt nicht, wo du bist. Du kommst nicht näher, obgleich du nicht aufhörst vorwärts zu gehen. Frag nicht, in welcher Gegend du dich befindest. Frag nicht nach dem Ort, frag nach der atmenden Stelle hier, dem Leib, dem einzigen Wegweiser in der wüsten Ebene, frag: »Wer bist du?« in deiner Sprache, und zur Antwort bekommst du einen Menschen, warm und lebendig, das ist mehr als ein Ort, ein Reich, ein Erdkreis.

II

Der allzeit Unzeitgemäße

Er wollte ihre Gegenwart ehren und benutzte
einige ausgewählte Worte.
Da etwas Unverständliches ihr so nah kam,
schrak sie zur Seite wie ein Hund,
dem man auf die Pfote tritt.

Beobachten ist Denken und Denken ist Beobachten, heißt es in ›Der Wunderbrunnen‹ von Henry James.

Ein typischer Satz bereits auf den ersten Seiten: »Und ich bildete mir ein, sie betrachtete mich, um abzuschätzen, wie sehr ich es merke.« Oder: »Ihr Interesse an mir galt allein der Wirkung ihres Einflusses.«

Auf der Suche nach dem Gefährten der klügsten Frau in dieser Abendgesellschaft begegnete er einer erschöpften, ausgezehrten, einer halb schon verwahrlosten Person.

Es ist nun mal mein Ehrgeiz, sagte der unruhige Erzähler, den Wirkungsradius von Verfänglichkeit, die ein Mensch für den anderen besitzt, die geheimen zwischenpersönlichen Fluktuationen, wie James sie nennt, so minutiös wie möglich wiederzugeben. Dazu bediene er sich einer besonderen »Maßeinheit«, nämlich jener von ihm so genannten *Nanomoralia*, die dazu dienen, unter Gesellschaftspersonen die untergründigsten Regungen zu ermitteln. Obwohl sie beinah unmerklich stattfinden, entscheiden sie schließlich über das ganze und grobe Urteil, das einer über den anderen sich bildet.

Gleichzeitig muß er zugeben: Es würde ihm schwerfallen, jemanden akribisch zu beobachten, der sein volles Vertrauen genießt. Beobachtungsschärfe, ein Restinstinkt, stellt sich ursprünglich im Zusammenhang mit Mißtrauen ein, etwa gegenüber dem Fremden, dem möglichen Feind.

*

Da erzählt jemand arglos von seinem letzten Urlaub bei Saint Malo, ein furchtbarer, ein reiner *Durchhalteurlaub* sei's gewesen. Der andere lächelt schief, und ihm selbst schießt es durch den Kopf: Halt! Saint Malo! Durchhaltefestung der Deutschen 1944.

Mit dem ersten Wort einer beiläufigen Unterhaltung – rein ins Fettnäpfchen!

Immer wieder ist ihm, als verletze eine beliebige Bemerkung, sobald er sie mit einiger Entschiedenheit äußere, eine Vorliebe, etwas Hochgeschätztes bei seinem Gegenüber. Vielleicht ist es sogar geheimnisvoller; ist es gemeinerweise so, als gelinge es ihm mit einer geradezu *teuflischen Unschuld* unmittelbar ins Heikle zu treffen. Jener Bereich, in dem der andere seine empfindlichsten Güter bewahrt, zieht ihn unwiderstehlich an. Mit zwei, drei Repliken verschafft er sich Zugang, um den Ort sogleich zu schänden. Diese Anweglosigkeit – dies Vorstoßen scheint wie ein Gift zu wirken und die Intelligenz, die Abwehrkräfte eines arglosen Menschen augenblicklich zu lähmen. Er zeigt dann eine schmerzliche Miene oder leistet sich einen fluchtartigen Wechsel des Themas.

Mittlerweile habe er als Gesellschaftsperson mit dergleichen zwischenmenschlichem Feinstaub so seine Erfahrungen. Besondere Obacht widme er dem, der im Gespräch bei unterschiedlicher Meinung umstandslos die seine aufgibt. Denn er wisse nur zu genau, daß diese Person sich kurz darauf für ihre Selbstverräterei rächen wird, indem sie über ihn herzieht, einem Dritten gegenüber, und ein besonders abschätziges Urteil über sein Verhalten fällt. Deshalb lasse er den Abtrünnigen der eigenen Überzeugung, wie sehr er auch strebt, ihn zum Komplizen seiner Wechsellaune zu machen, grundsätzlich mit Eiseskälte abblitzen.

Auf der subpersonalen Ebene, also in der Sphäre menschlicher Elementarteilchen wechseln unentwegt Anziehung und Abstoßung ihre Ladungen. Dort kann es keine story geben. Nichts strebt hier einem Ende zu oder verliefe folgerichtig (linear). Es wimmelt von zu vielen Möglichkeiten und Virtualitäten, als daß die Entscheidung für nur eine Geschichte Wahrscheinlichkeit mit sich brächte.

Nein, erwidert dem unruhigen nun der gediegene Erzähler: Auf jedem Komplexitätsniveau läßt sich eine Geschichte erzählen. Die epische Kunst ist älter, reicher und tiefer als solch eine Quantentheorie der »Beziehungen« und enthält diese implizit auf ihre Weise.

Sicherlich, antwortete der Ungeduldige, ich überschätze Methoden grundsätzlich nicht. Doch mit dieser hier ließen sich zweifellos neue, unbekannte Dimensionen des Epischen entdecken. Zum Beispiel, was das Innenleben einer erzählten Person betrifft. Gemäß der Quantenanalyse befindet sich eine reale Person *gleichzeitig* in allen Gemütszuständen, die ihr möglich sind. In dem Augenblick der Messung – in dem Augenblick, da man sie ermißt, das heißt, das Wort an sie richtet oder sie nur erblickt, kollabiert, was der Quantenphysiker ihren »Superpositionszustand« nennt, ihren Superemotionszustand in unserem Fall. Oder ihre Superpersonalität. Und die Gesamtheit der Gemütszustände reduziert sich zu einer einzigen, zu der aktuell opportunen, erzählerisch erforderlichen emotionalen Regung.

Man redet eigentlich nie aneinander vorbei. Die unpassende Antwort, das abweichende Thema übertragen genau wie der Blick und das Wegblicken affektive Botschaften. Die Sprache zu zweit, die Zwie-Sprache wird von einem ständigen Sich-Wundern begleitet und davon nicht selten auch verunsichert.

Zwei, die sprechen, weben, weben. ›Man weiß nicht recht, worum es eigentlich geht? Worum ging es uns?‹ Nur darum, ein dichtes Geweb herzustellen miteinander?

*

Am Fenster der Gedanken (nennen wir die Gesamtheit der Prozesse, die im Hirn während einer Außenwahrnehmung ablaufen, behelfsmäßig: Gedanken) huschen vereinzelte Schemen vorbei: nur notdürftig als Individuen verkleidete Grundgestalten des Menschseins. Es genügt ein Blick, d. i. eine Strahlenprobe, um jemandes Geschichte zu kennen. Der andere, sofern er der Gegenwärtige ist: seine Biographie ist nur *ein* Ring im Sphärengürtel seiner Anwesenheit. In dieser ist er *gleichzeitig* der Schreiter auf dem Kamm eines Gebirges und ein nervöser seine Zigarette zerbröselnder, eine Ehekrise durchstehender Verwaltungsbeamter. Was einer erlebt *hat,* seine Geschichte, ist etwas, das in seinem Orbit schwebt, im Teilchenstaub seiner Gegenwart. Und es ist das Ausgeprägte an ihm, Auge, Stimme, Hände und Gesamtes. Der andere ist immer mehr Ingefaltetes als Entfaltetes, mehr hermetische Lyrik als narratives Geschehen: Geschichte. Pellets, Strahlenkügelchen von Energie und Eigenart, damit wird man unentwegt beschossen. Die Begegnung mit dem andern ist lyrisch-stratosphärisch, niemals als erzählt zu verstehen. Wir »erzählen« von einem anderen nur das Oberflächlichste, etwas eigens Zurechtgemachtes. Der andere stellt aber, ohne es ausdrücklich zu wollen, seinem Gegenüber zur Aufgabe, sein Ingefaltetes zu verstehen – er will ganz oder gar nicht verstanden werden. Eine Zwangslesestunde für einen Legastheniker, so mag die Begegnung manch einem zur Last werden. Wir stottern an einem zusammenhanglosen, schier unleserlichen Text herum, das ist »der andere«.

*

Stets hielt er diejenigen, die sich einbilden, die Sprache zu *beherrschen,* für armselige Eingebildete. War er doch überzeugt von den untergründig sich selbstorganisierenden Kräften der Sprache. Wie sich ein Satz findet, wie er sein Ende vermöge geheimster Attraktoren erreicht, darin hat er seinen Stifter und Autor von jeher überrundet.

Bis jetzt gab es keine Finesse beim Betrachten des Weltgeschehens, die nicht schon einmal in der Sprache entdeckt und ausgedrückt wurde. Unter der Herrschaft der Algorithmen verliert die semantische Sensibilität zunächst an Bedeutung. Bis man eines Tages das große (irrationale) Mehr wiederentdeckt, das Sprache allen übrigen Chiffrierungen voraushat.

Weshalb können die Menschen das, was sie können? Weil sie Alleingelassene sind. Ihr Alleinstellungsmerkmal, das Zeichen der Ausgesetztheit ist die Sprache, die jedem anderen Lebewesen fremde Sprache, die Fremdheit von Sprache an sich, die universal ist.

Könnte er für kurz sich seiner Art entäußern, so würde der Mensch in dieser Tier-Sekunde das maßlose Erschrecken vor der Sprache erfahren.

*

Einmal ergab es sich, daß sie im Sportstudio eine Brünette am Ellbogen faßte, um ihr von einer Kritik am Trainer abzuraten, und dabei ein altes Wort benutzte: Auf das *Scharmützel* laß dich nicht ein! Worauf die starke Turnerin ein paar Sekunden stillstand, denn so lange brauchte sie, um den Tropfen fremde Sprache zu prüfen: Scharmützel ... Ob das keine Beleidigung war.

Ärgerlich genug, daß man gezwungen war, bei allen Menschen zuerst auf ihre verbrauchten Innenteile zu stoßen. Was einmal ihr Herz war, war nun ihr *Sprech*.

Abgegriffen das Wort, ausgewohnt die Hütte, zersessen der Stuhl. Ein Monument der Schäbigkeit: die Ortschaft. Man darf nicht dorthin schauen, wo, was sie fälschlich *Morgenröte* nennen, Spuren der Verwüstung hinterließ. Es gibt noch Orte, Blicke, wo diese *Morgenröte* gar nicht erst hinkommt.

Die unruhigen Frauen, die an jeglichem Ort nach anderen, ferneren Orten sich sehnen; die nicht im Winter den Winter anerkennen; das reife Laub im Frühling suchen, an heißen Sommerabenden alles gäben für eine Schneeballschlacht.

Die keinen Mann begrüßen – ohne den Vorgeschmack, eines Tags ihm trauen zu dürfen.

Wir machen erst einmal Schluß, ziehen einen Schlußstrich, und ich lasse die Rechnung kommen. Was ihr später noch trinkt, der Morgen ist schon angebrochen, zahlt jeder selbst. Die Zwischensumme ziehe ich, danach ad libitum, sagt man das noch? ... In den Rest der Nacht, Rest des Lebens hinaus geht ihr mit bezahlter Zwischensumme, ab jetzt, von hier und jetzt.

*

Seine Aufrichtigkeit, die nicht wenigen so zusetzte, als wäre ein Säureattentat auf ihre Moral verübt worden, ging immer einher mit der Gefahr empfindlicher Einbußen bei der Wahrnehmung seines Gegenübers. Er wollte das Seine stets ohne Umschweife, ganz im Dienste der Unmittelbarkeit und eben der Aufrichtigkeit sagen. Ohne zu berücksichtigen, daß ein Mensch sogenannte endgültige Wahrheiten in seinem sonst nirgends endgültigem Leben gewöhnlich nicht für ernst nimmt. Hingegen sind das Geheimnis, das Schöne, das Unauflösliche – allesamt Medien einer tieferen und zugleich flüchtigen Verständigung. Um der Flüchtigkeit allen Gewahrens gerecht zu werden, bedarf es des Muts zur Zerstreutheit: Was du verstehst, löst sich dann in das, was es mitzuverstehen gibt, auf.

*

– Ich wunderte mich, daß du auf seine Beleidigungen nicht reagiert hast.

– Ich hörte ihn reden, liebe Freundin, er redete dasselbe wie immer, vielleicht redete er auch etwas anderes. Aber die Worte, die Art, sie zu wählen und auszusprechen, sind mir allzu bekannt und sie legen einen geheimen Schlummer über mein Gehirn. Ich seh auf seinen Mund und meine Gedanken schweifen ab ... Du meinst, er hat eine Beleidigung ganz unauffällig unter lauter gefällige Worte und Töne, ein Kraftwort, geschmuggelt?

– Es war so klar und niederträchtig, was er sagte. Schließlich war es nichts Geringes, er nannte dich eine Latrinennixe.

– Ausgesprochen hat er diese Worte. Ich höre noch von fern die Laute.

– Sie waren unzweideutig auf dich gemünzt!

– Ohne mich zu erschrecken. Ohne mich aus dem eintönigen Lauf seiner Rede einmal geradeheraus anzusprechen. Im Verborgenen der wohlvertrauten Töne plötzlich mich zu beleidigen! Einmal hat er's gesagt, ist es losgeworden, kaum merklich.

– Und du tust nix?

– Nix, nein. Ich muß mich schonen. Das Ende kommt, das Enden naht. Mir ist, als ob ich für einen einzigen gottverdammten Schritt die Behausung des Menschlichen verlassen hätte. Einmal zu weit hinausgegangen! Einmal wirklich *draußen* gewesen.

*

– Viele Fenster tanzten mir vor Augen wie Tiere des Monds … Ich erwachte zuweilen aus unserem Gespräch mit dem entsetzlichen Gedanken, daß Sie am Ende aller Tage der einzige Zeuge meiner Worte gewesen sein könnten.

– Mußte das noch gesagt werden? Es gibt das Gefühl, sich beschmutzt zu haben, wenn man mit einem ungeliebten Menschen ins Bett geht. Und es gibt das Gefühl sich beschmutzt zu haben, wenn man mit einem geliebten Menschen zu viel gesprochen hat.

– Es ist Katzenjammer, nicht Schmutz!

– Wir hatten das Glück, es aushalten zu können. Das Gesicht. Die Frage. Das Gehör. Die Hände. Nicht lockerzulassen. Nicht gleich davonzulaufen.

– Sie brauchten ja auch nicht davonzulaufen, weil Sie sich gedemütigt fühlten. Da ich Sie nicht gedemütigt habe.

– Wir werden nun hinter uns das Tor schließen, verriegeln,

werden das Haus zu zweit verlassen, gemeinsam, in dem wir unzählige Versuche unternommen haben, von Raum zu Raum, den richtigen, den wohltuenden Abstand voneinander zu finden. Als ich noch ein Besessener war, Tag und Nacht arbeitete, Pläne und Werke hervorbrachte wie ein Kriegsherr, der sich Länder und Völker unterwirft, der keinen Einhalt mehr findet auf seinen Feldzügen ... Sie haben mich angehalten! Weshalb?

– Wir haben einander angehalten. Warum?

– Weil wir nicht sofort und als erstes einander in die Arme sanken.

– Wir haben nie eine erste Umarmung gehabt. Es waren nachfolgende von Beginn an.

– Sie sprechen von der Fähre, die planmäßig täglich drei Mal von Ihrem Ufer zu meiner Insel übersetzte?

– Berührungen, Stippvisiten, Anlegemanöver.

– Sie werden mir nicht vorwerfen, daß ich Ihnen je ein Anlegemanöver verweigert hätte?

– Ist nicht verständlich, daß ein Mann für sein sperrigstes Teil einen Unterschlupf sucht?

– Nachsicht empfing Ihr Teil, Geschick bewies meine freundliche Lücke.

– Verzieh mehrmals, gewährte reichlich Verzeihen. War denn unter den vielen Malen nicht auch eines das erste? Jedenfalls bewirkten sie, daß das Interesse füreinander nicht abnahm und die Distanz zwischen uns nicht gestört wurde. Sagen wir doch –

– *Sagen wir doch* ... nicht mehr, bitte! Vom Sagen auch noch zu reden!

– Wir schließen das Haus für alle Zeiten hinter uns ab?

– Wer behält den Schlüssel?

– Wir werfen ihn in den Gulli.

– Nein. Warten Sie. Ist unser Mißverständnis, tiefgründig wie es ist, nun doch verbraucht?

– Das Mißverständnis! Wie zart Sie sind. Ich glaube, daß es das reine und offene Unverständnis ist, das mich an Sie fesselt. Mit nicht nachlassendem Unverständnis, der Liebe nächstem Nachbarn, habe ich Ihre Schritte bestaunt, bin ich Ihren Worten gefolgt.

– Und doch ist es mir nicht einmal gelungen, Sie in Verwirrung zu bringen.

– Was hätten Sie damit erreicht?

– Glauben Sie, es gab etwas, das wir beide nicht erreichten?

– Natürlich. Das Glück. Wir haben das Glück nicht gekannt.

– Aber wie lange – auf welch ergiebige Weise haben wir vermocht, es gemeinsam zu entbehren!

*

Feind der Ereignisse. Arbeiter an Dauer und Weile. Er sah nachts im Traum die Verstecke der Handelnden. Die Verstecke der Brennpunkte. Und war im wesentlichen damit beschäftigt, das Sein mit Sein-Lassen zu bestreiten. Kein Feuer, nur das Fernrot der zurückweichenden Nacht und die glühenden Wangen des Alleshinnehmenden auf seinem weißen Kissen.

Er beschritt eine unten nachwachsende Treppe. Sein Lebtag stieg er hinab, eine letzte Stufe betrat er nie.

*

Der allzeit Unzeitgemäße suchte noch einmal zur Größe seiner Vorbilder sich aufzurichten. Wie ein Blitz wollte er zwischen die Heute-Anbeter fahren, Schrecken verbreiten, die bittere Schelte über sie bringen. Wollte ihnen das Leid-Wesen wiederentdecken, sie zwingen aufzublicken statt scheel aufs Display. Sie sollten leiden. Er wollte sie stürzen, verzweifeln, entgeistert sehen. Kein privates Wehweh. Sondern das unerbittliche Leid, das ein Hölderlin, ein Nietzsche ertragen mußten. Das kulturelle Leid, deutsch zu sein, zu fühlen, zu denken. Ende der Infodemenz, Ende des Gleich-Gültigen von allem und jedem. Nichts gefräßiger als die Bestie der Oberfläche. Nichts fortzeugender als das Unfruchtbare. Die Makulaturphasen der jüngeren Sittengeschichte nannte er sie: vom Minderheitenkult – nicht um eine ästhetische Avantgarde, sondern um die stupide geschlechtliche Identität – bis zum Spuk der 10-Millionen-Follower-Gemeinschaft. Von der selbstgefälligen Kolonialismus-Reue bis zum feministischen Verbandswesen (als dem Machtverzicht der Femina) mitsamt der Einführung einer Schabernack-Orthographie. Alles Gesinnungskitsch, so meinte er, nicht besseren Sinnen oder Gedanken geschuldet. Oder gar einem Traum. Oder einer Vision.

Zum Schutz und zur Erholung der elend politisierten, der geschunden-geschändeten *Intimität* hielt er es für unabdingbar, neue und ebenso verpflichtende Tabus bereitzustellen, wie die antirassistische Sprache sie beachtet.

Dabei helfe am wirksamsten das Lesen großer Werke, in denen das Unwort Sex nicht vorkomme und die genitale Geltungssucht noch nicht den Rang einer Kulturleistung behaupte.

Und an dieser Stelle, wenn er gerade nicht grummelnd sinnierte, sondern heftig mit einem Zeitgemäßen im Streit lag, gipfelten seine Worte gern in seinem Lieblingszitat:

»... so stehen auch wir vor und in einer spontanen Rekrudeszenz alter, einer spontanen Generation neuer moralischer Seuchen, die mit epidemischer Kraft um sich greifen und an den Grundlagen unserer Gesellschaft rütteln.« Das schrieb Theodor Mommsen 1880.

Im übrigen meinte er sich zu erinnern, in den Netzwerken der Genderisten bei Gelegenheit auf deren Ahnherren gestoßen zu sein. Das wäre nämlich Kaineus – »und er war geboren als Weib« (Ovid, Metamorphosen, XII, 174). Der als Mädchen Kainis hieß und von Poseidon vergewaltigt wurde. Als Buße für seine Gewalttat erfüllte er der jungen Frau den Wunsch, daß ihr nie wieder dergleichen geschehe, und verwandelte sie in einen Krieger der unverwundbaren Lapithen, die später die Kentauren besiegten. Während der Schlacht wurde Kaineus von Baumstämmen erdrückt und starb nicht von Menschenhand. Bei Vergil als einzigem unter den Erzählern der Sage wird er schließlich in der Unterwelt zurückverwandelt ins Weibliche. Zu Kaineus gehört als Verb καινόειν – neugestalten. *Ich gestalte mich neu* erschien dem Unzeitgemäßen jedenfalls ausdrucksvoller für den Geschlechtswandel als die blassen Trans-Konstruktionen.

Wie es nun im Unzeitgemäßen mehr und mehr brodelte und rumorte, trat ein junger Gedankenleser an seine Seite und legte ihm die Hand auf die Schulter. Er sagte nur: Ach mein Lieber. Und legte ihm erneut die Hand auf die Schulter, als wollte er fortfahren: Wenn du wüßtest. Oder: Was dir nicht alles den Kopf verdreht! Und wie überflüssig ist es doch!

Jedenfalls einer, der rundum zur Petitesse erklärte, was

den seiner Zeit Abspenstigen plagte und bedrängte. Ein etwas eingebildeter Gedankenleser, der mitleidig grinste zum schweren Deutschsein, das der Unzeitgemäße den Genossen der Zeit in Erinnerung rufen wollte.

Mit Verachtung strafte er's, dies joviale Verstummen nach der Anrede, dies schoflige Ellipsieren. Und selbst wenn! Auch ein Unzeitgemäßer genießt Minderheitenschutz, auch er darf seine Stimme erheben! Er muß reden dürfen, bis es ihm selber zuviel wird. Das ist Freiheit. Er redet schließlich nicht, um von irgendeinem eingebildeten Wortkargling gerichtet zu werden. Im übrigen hielt er dessen Schweigen für nichtssagend. Der spart seine Worte keineswegs auf, sie fehlen ihm einfach.

Doch plötzlich kam von diesem heimlichen Mitwisser ein einziges Wort, fast möchte man sagen: er *verlor* es. Jawohl, er verlor sein einziges Wort.

Und es lautete: »Wir wollten Babel heilen, aber es war nicht mehr zu heilen. Jeremias 51, Vers 9.«

Seine Hand, die lange auf dem Unzeitgemäßen ruhte, hob sich ein wenig und klopfte zum Abschied zweimal ermutigend auf dessen Schulter.

*

In den Grundbildern ist kein Raum für Unbekanntes. Hier ist alles vorausgesehen. Im Symbol, also im Zusammengefaßten von Bild und Idee, erschöpft sich nicht nur die menschliche Vorstellungskraft, sondern auch die weltliche Ereignispotenz. Tiefer als die Grundbilder reichen weder Denken noch Geschehen: Labyrinth, Höhle, Maelstrom, Turm von Babylon.

*

Man sagt so schnell: was bin ich für ein Narr gewesen! Aber welche Geschichte steckt dahinter? Wo genau liegt der Täuschungs-, der Selbsttäuschungsbruch? Wichtiger noch: wie kann man so sicher sein, daß man in der begeisterten Einsicht, ein Narr gewesen zu sein, nicht wiederum einer Täuschung unterliegt, weil man bei den vielen Schuppen, die einem von den Augen fallen, gar nicht bemerkt, daß man auf der um eine Einsicht höheren Stufe wiederum zum Narren wird und immer einer bleiben wird, da jede gewonnene Einsicht weiter aufsteigend einer verbesserten zum Opfer fällt.

*

Ein Waffelverkäufer in der Einkaufspassage und ein Liebespaar, das sich mit dem Rücken an der Wand entlangdrückt, dann draußen mit dem Rücken an einem Lieferwagen entlang, später in ihrem Hausflur mit dem Rücken an der Wand entlang, und er erzählt von den Gefahren des 20. Jahrhunderts, die nun aus dem 20. Jahrhundert wiederkehrende Gefahren sind, in neuartigen Dimensionen, und die beiden drücken sich, wo auch immer, in großer Vorsicht mit dem Rücken an der Wand entlang.

»Vom Taglicht kann man sagen, daß es uns einschließt. Von der Nacht, daß sie alle Türen aufreißt. Aber wir können nicht fliehen, obwohl uns der Traum den Rhythmus der Flucht einhämmert. Wir sind voller Flucht – und kommen nicht von der Stelle.«

»Es beruhigt mich, wenn ich dich nur undeutlich höre. Es gefällt mir, wenn ich dich wie von fern oder wie in einem knisternden Nebel verstehe. Den Abstand, der zwischen unseren

Körpern verlorenging, ersetzt nun die Entfernung, in der wir unsere Worte vernehmen.«

*

Die schöne Weiterweisende besucht dich in der Einöde nicht. Sie tritt dir aber in gemischter Gesellschaft entgegen – und verführt dann aus jeder Gesellschaft hinaus.

Sie, die du für die Bestangepaßte hieltest, enthüllt sich dir als große Freistehende, als die Weithinausweisende ... und eure künftigen Schritte stehen längst chiffriert in winziger Bilderschrift auf dem ihr helles Haar fassenden Reif.

»Ich bin es, die zu dir aus der wirren Menge hervortrat, eben noch ein Teil von ihr. Ich, die anfangs deinen Überdruß erregte, denn ich besitze die Unduldsamkeit, die andere kränkt. Und die Kraft der Widerrede, die andere kleinlaut werden läßt. Du wirst mir folgen unter Flüchen und Stöhnen. Denn das Maßlose der Wörter, wie man's sonst nur kennt als das Maßlose des Tanzes und der Sucht, wird dich ermüden. Ich hingegen möchte draußen mit dem Sturm ringen, der durch das Dörrgras fegt. Und zwar so, wie nur ich zurückstürme, wenn mich einer anweht.«

*

»Der Teufel wußte nicht, was er tat, als er den Menschen politisch machte«, Shakespeare, *Timon von Athen.*

TIMON *zieht in den Wald.* Unsinnige Neuerungen
überall, denen man besser den Rücken kehrt. Neue
Menschen? Ach, bloß Neukostümierte. Behängt mit

Cargo-Stücken aus der Früheren Welt. Bric-à-brac-Figuren, Plunderwesen. Alkibiades wohnt inzwischen auch unter den Föhren. Aber der hat diese seltsame Frau im Schlepptau. Die Burschikose mit der karierten Fliege überm karierten Flanellhemd und dauernd in Reithosen. Dünne Lippen, großes Gebiß. Sehr wäßriger Mund. Drei Menschen, auswärts jetzt, die einst in Athen die großen Feste feierten.

Ich will euch einmal den Beweis antreten, daß entgegen der allgemeinen Ansicht die vier sogenannten Elementarkräfte, starke, schwache Wechselwirkung, Gravitation, elektromagnetische Kraft, die die Welt angeblich zusammenhalten, diese innersten Bestandteile der Welt seit langem, seit Schöpfungsbeginn, im Zorn auseinanderstreben. Welch ungeheuer verzögertes Aufhören! Welch katastrophal verlängertes Enden von allem, von allem und jedem, vorzüglich aber von dem ganzen wunderbaren und entsetzlichen, schäbigen und tröstlichen Witz, genannt ›der Mensch‹. Man beweise mir einen einzigen Zusammenhang in dieser Welt! Wenn ihr etwas bis ins Feinste untersucht, so weicht darin zuletzt jeder Bestandteil dem anderen aus. Sie weichen auseinander!

ALKIBIADES *hört weiter nicht hin, sondern stopft zusammen mit seiner überaus karierten Gesellin dicke Batzen Wiesenmahd in schwarze Rohrausgänge, weil er die Stimmen nicht mehr hören will, die aus der Erde kommen. Tatsächlich befindet sich tief unter dem Hügel eine gläserne Halle, hell erleuchtet, in der die Unterirdischen auf Laufbändern hin und her fahren und sich mit lauten Stimmen Mut zur Ewigkeit zurufen.*

DIE KARIERTE Meine Gebete sind dünn, meine Rufe tragen nicht weit, die Welt macht nach woanders hin (als ich's gern hätte). Lange mitgelaufen mitgetrappelt mitgestrampelt zwischen Bett und Besenkammer. Dann haltgemacht. Stehengeblieben. Den Kopf geschüttelt. Langsam umgekehrt. Von wo man losrannte, dort war's besser.

TIMON *beiseite* Es zieht sie immer tiefer rein in diesen Muskel-Mann. Irgendwann wird sie wieder zwischen seinen Rippen liegen. Hallo, Menschen! Bin zurück am Ausgangsort!
Zu Alkibiades Nicht können allein, sondern nicht anders können. Das muß sie lernen, darauf kommt's an.
Nicht die Kristallschärfe allein, da ist auch noch der Herzschlag, die Träne, die Schmelze. Da sind Heiterkeit, Trauer und Jähzorn. Nicht die Stille allein, da gibt's auch noch den Klatsch und Klamauk, das Sichvergessen und das Imponiergehabe.

ALKIBIADES Und das soll alles in diese karierte Frau gegossen werden, damit soll sie belebt werden? Nur ein Künstler vermag das. Doch ich bin nur ein Lieferant von Ersatzteilen.

DIE KARIERTE Ich unterschob mich dem Alkibiades mit Haut und Haar. Doch er umklammert nur mein Handgelenk mit seiner Faust.

TIMON *laut und ungeduldig* Ich bin gar nicht fähig, jemand anderem zuzuhören, ich schwelle von Neuigkeiten. Werde ich sie nicht los, so muß ich bersten und verspritze den ganzen Bewußtseins-Saft in eure Gesichter. Wenn ihr mir dazwischenredet und mich nicht ausreden laßt, dann zerreiße ich meine ganze feingewebte Weisheit in hundert unverständliche Fetzen!... Unvereinbarkeit erhält die Welt. Der Mensch? Noch immer sprechen die Erdenbürger aus dem Mund einer entwicklungsgeschichtlich unfertigen Vorerstkreatur. Sie sprechen aus dem Mund eines über Jahrtausende noch immer nicht voll und ganz Mensch gewordenen Wesens.

Wie sollte es je zu einem guten Ende finden: das zyklische Gären, die ewige Unreife von Mensch und Bewandtnis, Planen und Erinnern, Traum und Trieb, die ewige Unreife des Wissens und Beschließens. Der Gedanken und Sentimente. Das Furchtbarste und das Nützlichste: Alles steckt noch in Kinderschuhen!

Ein Anti-Evolutionist erzählt uns, daß irgendwann von irgendwo ein »großer Mensch« auf die Erde gelangte, den alle übrigen Hominiden ungeschickt nachzuahmen suchten. Nicht *eritis sicut deus*, sondern *imitatio hominis maioris* wäre nach dieser Theorie der Weg der höheren Artentwicklung. Auch wir Unreifen jetzt stellen nur einen weiteren Versuch dar, diesem ursprünglich Großen, dessen Gestalt und Kraft in unserem Ahnen unauslöschlich wurde, irgendwann gleich zu kommen.

Ich wiederhole mich: Jedes Ding entstrebt sich. Es taucht nur kurz auf einer der unzähligen Verbindungslinien auf, die zu ihm hin und dann für immer von ihm fortführen, ins Meer endgültiger Unverbundenheit. Alle *links* der Erde führen zu einem großen und wilden *missing issue*. Zum Etwaslosen. Die Sache selbst ist nur mit 58 Prozent Wahrscheinlichkeit auf der Welt. Alles übrige besteht aus offenen Verbindungen, Querverbindungen ohne Ende, in denen sie sich auflöst, die Sache, sich selbst verliert. Vergessen wir jene Welt, in der wir noch *wir* sagen konnten!

ALKIBIADES Du sprichst mir aus der Seele.
TIMON Sag doch: du nimmst mir das Wort aus dem Mund.
ALKIBIADES Warum?
TIMON Seele, ich weiß nicht, paßt nicht recht zu dir.

*

Auf seinem alten Schulhof stand er und war ein abgestandener Mann. Hier war es, wo sich ihm einst die ersten Begriffe bildeten, durch die er »in seine Zeit« eintrat. Diese Zeit war längst abgelaufen, doch er besaß immer noch nichts Besseres als seine alten jungen Begriffe, und er mußte sie für sich behalten. Nein, ich sage nichts! rief er aus, wenn ihn jemand nach seinen Begriffen fragte, ich gebe nichts von meinen alten jungen Begriffen preis. Nur schweigend kann er sie hüten, denn sie sind ihm teuer.

»Bin glücklich und bitter gewesen. Verliebt und verlassen. Zornig wie ein Specht, weich wie ein Polyp. Kein Ruhm, kein Amt. Eigentlich bin ich bloß sitzen geblieben. Ich habe mein Lebtag die letzte Klasse vorm Abitur wiederholt.«

»Wovon haben Sie denn gelebt?«

»Mein Gott, was brauche ich schon. Ich kaufe keine Bücher, ich habe mein Plätzchen in der Bibliothek. Ich esse wenig. Ich bin mit dem niedrigsten Beitragssatz in der Krankenversicherung. Die Stube, in der ich wohne, befindet sich in einem Haus, das einem gütigen Schwager von mir gehört. Gehlen hat irgendwo gesagt: Fast alles hat der Kapitalismus seiner Lebensart assimiliert, nur die Askese spielte nie eine Rolle. Dabei hat man es schwarz auf weiß von den Größen des Altertums, denen man ja sonst alles glaubt ... Bedürfnislosigkeit ist die Voraussetzung für ein bekömmliches Leben. Aber seit der Französischen Revolution hat Askese keine Rolle in der Gesellschaft mehr gespielt. Schade. Und letztlich ein Makel der Moderne.«

»Das sagen Sie, ein misogyner Zölibatär! Sie können es sagen, aber ein verheirateter Mann mit zwei Kindern, der kann sich Askese nicht leisten. Dem nützt keine Stube, die ein gütiger Schwager ihm kostenlos überläßt. Der kommt nicht als ewiger Lehrling durchs Leben.

Die sozial Schwachen, die sozial Schwachen ... wer ist damit gemeint? Ich bin ein sozial Schwacher. Haben Sie sich ihn so vorgestellt? Ich bin es, jawohl, zwei heranwachsende Kinder und kein Arbeitsplatz. Verloren vor acht Jahren. Opelkrise. Sie haben sicher davon gehört. Und ich finde, daß endlich Schluß sein muß mit –«

»Womit?«

»Mit den Allerweltsbegriffen. Ich möchte ein sozial Schwacher zum Anfassen sein. Ein konkretes Beispiel, meinetwegen, aber vor allem ein Mensch mit fünf gesunden Sinnen, der nicht niedergemacht werden will von einem Pauschalbegriff, einer biestigen Abstraktion, unter der man ihn verschwinden läßt. Ich bin auch noch: Angler! Ich sammle Ammoniten-Steine. Ich bin ein ziemlich guter Märchenerzähler, überhaupt ein Vater, den man alles nennen kann, nur nicht schwach. Ich bin ein ganz normaler mittelloser Mensch.«

*

Hofmannsthal schrieb mit 28 Jahren den Brief des Lord Chandos, Valéry mit 25 Monsieur Teste, Sartre mit 33 La Nausée/Der Ekel ...

Auch der allzeit Unzeitgemäße suchte nach dem treffenden

Krisen-Bild für seine Zeit. Die Magie der Epochen-Metapher sollte ihn in das jugendliche Alter versetzen, in dem die großen Krisen-Künstler einst das ihre fanden. Sobald er die eine unwiderstehliche Metapher zu fassen bekäme, ließe sich die neue, nur zu seiner Ära passende Krise namhaft machen und würde ihm Jugend bringen, wie er sie in seiner Jugend nicht gekannt.

Doch das durchschlagende Bild blieb aus, die Jahrhundert-Metapher versagte sich ihm.

*

Als Behelf diente ihm die Phantasie vom viralen désintéressement. Absturz in die Teilnahmslosigkeit, die weltweit alle Vernetzten gleichzeitig befällt. Eines Tages schlägt mitten im Instagram die letzte Stunde des Instagrams. Eine Revolution der Unlust! Ein kommunikativer Gau, Online-Doomsday. Ein Befreiungsschlag, geboren aus dem reinen, explosiven Desinteresse. Es herrscht: Teilnahmslosigkeit. Eine solche Unterbrechung hatte es in der Geschichte der miteinander beschäftigten Menschen noch nie gegeben.

*

Nun, er spreche ohnehin zu lauter Abgewandten, sagte sich der allzeit Unzeitgemäße, die eine Empfangsfrequenz für jeden anderen Ton besitzen außer für den seinen. Man kann aber nicht, ohne sich lächerlich zu machen, fortwährend ohne Widerhall in anderer Leute unwendbaren Rücken reden. Man schweigt also besser. Das Unlautere daran ist nur: man hofft insgeheim, daß dieses Schweigen auffällt. Bemerkt wird. Daß es an irgendeinem Rücken zehrt oder kitzelt, so daß einer vielleicht doch meint, sich umdrehen zu sollen, und, so hofft man kleinmütig, dann trifft vom Gewendeten, Angesichtigen vielleicht ein aufrüttelndes »Warum sagen Sie nichts?« den Schweiger – und schon wäre er erlöst.

»Man verstehe mich recht: nicht alles auf Erden wächst, und Vielfalt ist zum Beispiel nicht das Ziel unserer Verkehrsordnung, unserer Religion oder unserer Wasserzufuhr. Das Menschenleben hat sich im Naturfernen ebenso würdig zu behaupten wie im Natürgemäßen. Wir sind teils lebende, teils künstliche Geschöpfe. Nur daß das Künstliche bei uns auch das Idealische ist.«

»Genug von dem!« schreit ein Dritter und dreht den Zuhörenden wieder um in die Reihe der Abgewandten. »Laßt den Mann im Regen stehen. Er ist ein Gaukler von vorvorgestern. Wir sehen jetzt den neuen Gauklern zu. Artisten, die mehr sein wollen als Artisten, kommen schnell zu Fall.«

*

Im Traum machte er die Bekanntschaft des Philosophen Oskar Scheun. Es war nur ein Bild von ihm, das sein Oneiroskop (Sehhilfe des Träumenden) erfaßte und ihm nahebrachte, ein schwaches Foto, zu seinem fünfundsiebzigsten Geburtstag in einer Kölner Zeitung erschienen. Er saß an einem Schreibtisch mit aufgerichtetem Denker-Gesicht, ohne Eitelkeit darin, sondern von Geduld und Einsicht gezeichnet, die rechte Hälfte wurde vom Fensterlicht beschienen. Sein Denken, hieß es, kreiste im wesentlichen um das menschliche Raumgefühl und dessen geschichtlichen Wandel, Schüler von O. F. Bollnow. Die letzten Jahre vor der Emeritierung lehrte er an der

Pädagogischen Hochschule Elberfeld. Er gehörte nicht zu den namhaften Philosophen der Zeit, seine Veröffentlichungen beschränkten sich auf Fachzeitschriften, zum siebzigsten Geburtstag erschien keine Festschrift. Die meisten seiner Schüler hatten sich im praktischen Berufsleben von der Philosophie wieder entfernt. Er aber hielt an seinen sorgfältig überprüften Gedanken fest und verbitterte nicht.

Das Bild zeigte einen alten Mann, dessen Gesicht vom Denken, von Bescheidung und Ruhmverzicht geprägt, geklärt und vollkommen lauter war.

*

Die meisten Denker waren auf ihren Park-Bänken zufrieden eingenickt. Darunter der Lacanist, der Systemtheoretiker, die analytische Schule, der Neurophilosoph. Nur dem Pyrrhonisten sprühte noch das geistige Leben aus den Augen, er glühte vor Feststellungseifer. Vom Enthusiasmus der Skepsis ergriffen, fehlte es ihm nah und fern nicht an Material, um, ohne den geringsten Zweifel an der eigenen Begeisterung, allem unbegründet erscheinenden Zweifel im Nu einen triftigen Grund zu verschaffen.

*

In einer fremden Stadt, vor vielen Jahren, auf der Eingangstreppe eines Keller-Antiquariats vor einem Unbekannten stehen, mit dem man Lektüre-Empfehlungen austauscht, Lesetips. Andere Leute, Stammkunden am Samstagvormittag, müssen sich hindurchzwängen zwischen zwei Männern, die den erregten Handel mit Lesefrüchten nicht unterbrechen wollen. Allenfalls, wenn für einen Beleibten gar kein Durchkommen ist, tritt einer von beiden eine Stufe tiefer oder höher, öffnet das mindeste an Zwischenraum, das sie gewähren können, um nicht aus dem Schwung der Meinungen zu kommen, doch dann sofort zurück auf die gleiche Stufe und ins nahe, frohe Gegenüber.

Plötzlich aber der Auftritt einer jungen Frau, die wie eine erzürnte Lehrerin die Klassenzimmertür aufreißt, Frau mit schwarzen Haarzipfeln in der Stirn: keine Augen zu sehen, nur Haut, wie zugenäht die Lider, Hast in allen Gliedern, keine Schlafwandlerin, eine Schlafstürmerin, so eilt sie die Stufen hinab ins Antiquariat, stellt sich vor ein Regal mit Raritäten und berichtet blind, atemlos aus dem menschenleeren Stadion ihrer Zehnkampf-Nacht.

Ich aber, ich komme noch einmal darauf zurück ...

So beginnen erneut die beiden Lese-Männer, die auf der Treppe wieder enger beieinanderstehen.

Der Leopold-Andrian-Komplex! ... Das bedeutet, jemand, so einer wie seinerzeit der träumerische Österreicher in seinem Buch ›Der Garten der Erkenntnis‹, verlöre sich wieder einmal an Verwunschenes, Verfallenes, Vereinzeltes und seit langem Vergangenes. So daß er im Ton einer schreckhaften Empfindlichkeit zurückwiche vor den Billiglebenden, sich flüchtete in eine Festung der Feinheiten, zu seinem Schutz ein Kettenhemd trüge aus Anspielungen, Anlehnungen, Vorlieben und Hingaben; gar zum Schluß sich selber auflöste und nur noch bestünde aus dem Dunst einer kostbaren Entlegenheit ... Von wegen Weltflucht! Gläserner Turm, Introspektion: alles plappernde Vernunft. Lasches Geraunze von papierenen Allerweltsrittern, die nicht vom Fleck rücken – im Unterschied zum Ritter des Zurückkommens auf die kostbaren Dinge, die er einst beim Vorpreschen übersah. Und dabei sich bemüht, wo er auf dem Hinweg zuviel Spur in den Boden drückte, sie auf dem Heimweg zu verwischen, unkenntlich zu machen.

Und schon holt der andere, sein engagiertes Treppen-Gegenüber, noch weiter aus:

– Wenn wir wieder unter uns sind … Schreiben und Lesen Sache der wenigen wie zu den besten Zeiten des Abendlands. Wie werden wir in Entdeckungen schwelgen, nach dieser Dürre der Vergangenheitsentbehrung! Wie werden wir mit Wiedergefundenem unsere Tage verlängern. Sobald also die Schrift nur noch ein Medium der Hinterlassenschaft und Lesen ein Ritus des Vermissens sein werden …

Dem entspräche eine Empfindlichkeit, die in so manchem, das gerade geschieht, eher das Überbleibsel, das Hinterlassene entdeckt anstelle von Tendenz, Erwartung, Vorsprung, Innovation. Ein kleines Beispiel.

Eine *Zimmerung* ist eine Holzkonstruktion zum Abstützen der Schächte in einer Grube. Eine *Binge* ist eine durch Einsturz alter Grubenbauten entstandene trichterförmige Vertiefung der Erdoberfläche. *Abteufen*: einen Schacht senkrecht in die Tiefe bohren. Ich will sagen: so manches bleibt zurück aus der Sprache des Bergmanns nach Absterben seines Handwerks. Es steigt Sprache von Unter-der Erde auf, aus der Nachbarschaft der heute verpönten fossilen Brennstoffe – und selbst die Sprache der Erneuerbaren kommt nicht ohne den Bergmann aus: windhöffig muß eine Gegend sein, die man mit Windkrafträdern spickt – wie eben einst unter Tage ein Gebiet *höffig* genannt wurde, wenn dort größere Mengen an Rohstoffen vermutet wurden.

– Nicht wahr, beginnt nun wieder der andere und geht auf der Treppe zwei Stufen aufwärts und gleich wieder runter, nur um sich die Füße ein wenig zu vertreten. Nicht wahr: Das *totum digitale*, so möchte man meinen, vertriebe jede Regung »aus alten Tagen«. Diese sind jedoch in diesem Ganzen enthalten. Nichts ist mehr wie früher – doch das künstliche Ganze stellt auch ein Früher wieder her und stellt es zur Verfügung.

Das Digitalium, indem es alles versammelt und bewahrt, fördert gerade damit das subjektive Vergessen. Es handelt mit Verbindungen in dem Maße, als es ein Ethos der Verbundenheit nicht besitzt.

Eine lange Zeit noch wird sich Gemeinschaft vor allem in sozialen Netzen bilden und wieder verlieren. Wir finden nur zu uns, wenn wir einer unter Millionen sind. Der Mensch ist ein übereinstimmungsbedürftiges Wesen. Er ist von Stimmfühlung so abhängig wie die schnatternden Wildgänse auf ihrem Heimflug.

In welcher Verbannung lebt dann aber der alte, der Kierkegaardsche Einzelne?

»Die Pointe beim Menschen ist: daß die Einzahl das Höchste ist, 1000 von ihnen ist weniger wert.« So Kierkegaard in seinen ›Geheimen Papieren‹.

Und wieder der andere auf der unteren Stufe:

– Wir wissen ja, daß Vergangenheit nicht einfach ruht oder sich mit einem gelegentlichen Techtelmechtel zufrieden gibt. Wir wissen vielmehr, daß sie eines Tages als der graue Bart, als riesig hohe Wellenwand aufersteht, *unda tumescens,* den Vergeßlichen in seinem lifeboat zu erschlagen droht. Der Kultur-Schock, der nicht den Wilden, sondern den Vergeßlichen mit der Wucht eines Tsunami trifft, Vergangenheit wird ihn als etwas Unbezähmbares anfallen, sie wird im Zivilisationsbereich das sein, was in der Natur die aufgewühlten Elemente sind, und sie wird in dem Moment, wo einer isoliert und ganz allein ist, ihn angreifen.

*

Man nimmt von der Straße den weitoffenen Eingang zu einer Ladenpassage mitten in der Stadt. Man schmiegt sich mit Wohlgefühl dem Lauf der Passanten an und bemerkt gar nicht, wie er sich allmählich verringert und die meisten in links und rechts abzweigenden Gassen verschwinden, so daß man schließlich ganz allein auf einem nun schmaleren gefliesten Pfad weitergeht, den keine Geschäfte mehr säumen.

Plötzlich steht man vor einer weißen hohen Mauer. Der Weg ist zuende, abgesperrt, obwohl ihm der Gänger von Anfang geradeaus und richtungstreu gefolgt war. Der einladende, breite Zugang von der Straße aber endete abrupt vor einer glatten weißen Wand. »Da stehe ich nun wie der Ochs vorm Scheunentor.«

So enden urplötzlich vollkommen offen beginnende, verlockend davonführende Wege: vor einer hohen unüberwindlichen Sperre, die kein Ausweichen oder Umgehen erlauben. Sondern nur ein unwilliges, enttäuschtes, bitteres Zurück. Aber ist es nicht auch ein Stück Theologie, dem Menschen ab und an künstlich die Wege zu versperren, ihn allenthalben fühlen zu lassen, er stehe auf Erden immer wieder irgendwo wie ein Ochs vorm Scheunentor. Nicht zuletzt, um ihm die Verheißung vom ewig unversperrten Wandel, vom mauerlosen Hinübersein (Jenseits) ein wenig schmackhafter zu machen.

*

Mitten im Zimmer eisern stehengeblieben, mit geschlossenen Beinen, antennensteif der senkrechte Mann, aufragend im Harfen-Ornament des Teppichs, um endlos daherzusagen, was ihm eingegeben: Tausende unbekannter Namen, die er empfängt, Gefallene unter ihren unbeschrifteten Holzkreuzen, einer nach dem anderen, vollzählig ein Soldatenfriedhof in der Eifel, alle Namen ausgerufen von einem aufgerichteten Menschen, ihre Namen, die ihm die Toten sandten, unter der Erde plötzlich von der Panik gepackt, daß auf ewig ihr Name verloren sei.

*

Zuweilen ist gerade die feine und rücksichtsvolle Belanglosigkeit eines Gesprächs beglückend. Weil man nichts drunter, nichts drüber verstehen muß, sondern nur spürt, daß der andere um der Freundlichkeit willen spricht. Man genießt, daß er großzügig genug ist, auf eine naheliegende Konfrontation zu verzichten, und stattdessen die Zone vorzieht, wo unerhebliche Verständigungen Wunder wirken: die der Sympathie. Meinungen sind unumgänglich und werden auch hier geäußert, doch ohne jeden persönlichen Ehrgeiz, ohne Bekehrungs- oder Zustimmungsgebot. Es fehlt auch nicht an Verständnis für den Flirt, den der gutgekleidete Sinn mit dem blanken Unsinn treibt. Es geht letztlich um den ästhetischen Reiz beim Horchen: Wie sagt er das? Und nicht: Wie meint er das *eigentlich*?

*

Beachte einmal die besondere Höflichkeit, die ein Mensch besitzt, der ein wenig welterfahren ist, den du immerzu unterbrichst, weil du dir das im engen Kreis deiner Vertrauten so angewöhnt hast. Jetzt aber errötest du, denn du bemerkst, daß der höfliche Mensch nicht etwa lauter spricht, lauter sich über dich hinwegsetzt, sondern sich sofort zurücknimmt und kaum hast du den Mund geöffnet, sogleich sich selber unterbricht und aufmerksam wartet, was der andere, was nämlich du einzuwenden hast. Wie anteilnehmend er sich erkundigt und nachfragt! Und wie ekelhaft verhetzt und nur mit dir und deiner Äußerung beschäftigt du selber sprichst!

Und so fort. In Gesellschaft findet man immer aufs neue Gelegenheit, seine Sammlung von Nanomoralia zu erweitern.

*

Die Kellner in der Trattoria »Sorriso« am Rialtomarkt, mindestens acht oder zehn an der Zahl, besitzen jeder für sich einen Stil der verspielten, scherzhaften Aufnahme und Kommentierung der Bestellungen, und diesen Unernst führen sie auf die Dauer eines Mittagessens allmählich auf die Spitze, indem sie untereinander bei ihren Besorgungen nicht nur unentwegt in Fühlungnahme sowie durch Zurufe und despektierliche Anmerkungen im Ensemble bleiben, sondern auch dieses zu einem virtuosen Bedienungstanz, zu einem wahren Ballett des Servierens und Kassierens ausbauen. Ja, es waren aus kunstfertiger Unordnung und Selbstironie geborene Komödien mit längeren Nummern und Soli, die sowohl die komische Rolle des Gastes wie die Betriebsamkeit des Dienstpersonals zur Schau stellten.

Wenn man ihnen indessen nachmittags nach Dienstschluß

auf der Gasse oder im Vaporetto begegnete, ohne ihre weiße Jacke, im schicken Loden- oder Kaschmirmantel, dann waren sie völlig humorlose, träge, ihres Berufs, ihrer Virtuosen-Rolle gänzlich uneingedenke Gestalten, kleine zeitunglesende Nörgler und Miesnickel, die selbst die treusten Mittagsgäste nicht wiedererkannten oder sie übersahen.

Ein junger Kerl ist zurück im Betrieb, den der tafelnde Rentsch, Residente auf der Giudecca, mit Ironie begrüßt. Kaum daß er noch in seine Kellnerjacke paßt, so breit ist sein Brustkorb, denn er hebt zusammen mit seinem Vater Gewichte, und zusammen mit seinem Vater verschwand er im vergangenen Jahr nach Mexiko. Offenbar war der äußere Anlaß ein sportliches Ereignis, jedenfalls flogen sie als Amateure des Gewichthebens kostenlos hinüber. Aber der junge Kellner verliebte sich in eine Mexikanerin und heirate sie halsüberkopf. Die Ehe – immer mit dem Vater zur Seite, der den Sohn weiter zum Gewichtheben antrieb – geriet in der wachsenden, täglich größere Sprünge machenden Inflation unter Druck: Die aus Italien mitgeführte, jedoch in labiles mexikanisches Geld vollständig eingetauschte Barschaft schoß in ihrem Gegenwert gegen Null, ohne daß die beiden Venezianer etwa durch ihrer Arme Kräfte für die nötige Aufbesserung hätten sorgen können. Das ganze Abenteuer ging nun sehr schnell seinem Ende entgegen. Nach einem knappen Jahr waren Vater und Sohn wieder in der Heimat, der Sohn zurück an seinem Arbeitsplatz im »Sorriso«.

Es war aber keinesfalls so, daß mir Rentsch diese Geschichte in kürzester Form hätte mitteilen können. Ich erriet sie vielmehr aus dem Abtausch der verschiedenen Scherze, die der Kellner und der Stammgast zum besten gaben. Ich verlor mich für gewöhnlich in Gedanken, während Rentsch redete, ich konnte seinen Worten nur mühsam folgen, nicht weil sie schwerverständlich waren, sondern weil sie mich durch einen mal stockenden, mal leerlaufenden Redefluß ermüdeten und ablenkten. Seit längerem war meine Fähigkeit, dem Inhalt von etwas Mitgeteiltem Aufmerksamkeit zu schenken, stark beeinträchtigt. Ich reagierte viel zu stark auf das Untergründige einer Rede, viel zu intensiv auf die Modulationen der Stimme, auf jede Gemütsnuance, auf den gesamten emotionalen *Anspruch* einer Verlautbarung, so daß ich häufig nicht mitbekam, was mir gesagt, um so prägnanter aber, was mir bedeutet werden sollte. Bei Rentsch kam erschwerend hinzu, daß sein ständiges Zögern, Widerrufen, rhetorisches Zweifeln an den eigenen Worten das Gespräch mit ihm zur Qual werden ließ. In die Austastlücken, in die Pausen der Wortfindungen und Wortwiderrufe sprang ich jedesmal hinein, sie veranlaßten, ja zwangen mich, ihm mit irgendetwas auszuhelfen, das ihn ergänzen sollte. Ich versuchte an etwas anzuknüpfen, das er kurz zuvor »angeschnitten«, aber nicht ausgeführt hatte. Wobei ich mich nicht selten versah und auf etwas völlig anderes zu sprechen kam, als er in einem von ihm nicht beendeten, nicht zustande gebrachten Zusammenhang erwähnt hatte. Aber je hilfreicher ich mich ihm zuwandte, um so schneller zerbröckelte die eigentliche Absicht seiner Worte. Mir schien, er sprach dann nur noch, um mich mit seiner unleidlichen Stimme zu ärgern. Und ich höre diesen Selbstbefangenen, wie er in einem abrupten Drang etwas von sich selber bekennen, es aus seinem Innersten hervorholen möchte, das kurz darauf, so schonungslos er es auch einkreist und faßt, als Bekenntnis wieder abbricht, um einer Reflexion darüber zu weichen, welches wohl der vorherrschenden Eindruck sein könnte, den er auf mich mache.

»Ich besitze nun einmal diese öde, eintönige Stimme.« So

oder ähnlich wollte er beginnen. »Eine Stimme, die unfähig ist, etwas von mir selbst zum besten zu geben. Sie verrät nichts, sie läuft neben mir dahin wie ein etwas entfernter Verkehrsfluß. Undurchdringlich ist sie, sowohl von innen her, für meine eigene Leidenschaft, die in ihr nicht zum Ausdruck kommt; undurchdringlich aber auch von außen her für andere, die vergeblich versuchen, durch diese Stimme in mich einzudringen, um bis zu jenen Beweggründen meines Sprechens zu gelangen, die meine Worte, meine Stimme nicht offenlegen können. Meine Stimme ist etwas, das sich zuerst in meinem Herzen bildet; etwas, das, kaum aus der Mundhöhle gestiegen, kaum mit der Luft in Berührung gekommen, sich augenblicklich verhärtet, ja in seltsamer Starrheit zuweilen sogar souverän wirken mag, in Wahrheit aber das versteinerte Entsetzen wiedergibt, in das mich die Welt der anderen, ein ursprünglicher Akt der Befremdung und des Mißtrauens, für immer versetzt hat.«

Unvermeidlich entstand der Eindruck, es beschäftigte ihn kaum, wovon er sprach. Er rührte alles nur sehr flüchtig an. Schicksale, Philosophien, Kunstwerke, alles war nur für den Moment des Antippens interessant, und schon gab es nichts weiter dazu zu sagen. Im Grunde war er trotz seiner starken Gesprächshemmungen ein solcher Mit-und-Gesellschaftsmensch, daß ihn an einer Sache überhaupt nur interessierte, was er davon zum besten geben konnte.

*

Jemand hatte etwas Ungutes gesagt. Jemand hatte ein falsches Wort gewählt.

Daraufhin war er aus der Runde aufgebrochen und kopfschüttelnd durch die Nacht gerannt.

Die Wohnsprache und die Sprache aushäusig, bei Wind und Wetter ohne feste Bleibe ... Was haben sie nicht alles geflüstert hinter seinem Rücken, die empfindlichen Freunde des empfindlichen Verlierers! Daß es ihm bloß verborgen bleibe, das ganze Ausmaß seiner Niederlage, daß er nie davon erfahren dürfe ... Ein glühendes Verschweigen stand jedem im Gesicht, und plötzliches Abbiegen bei brenzliger Nähe, sich zu verraten, ließ sich in kaum einem Gespräch vermeiden.

Wie nicht anders möglich, hatte man sich eines Tages im dichten Netz der Sicherheitsvorkehrungen, die alle dem Schutz des sich selbst nur halbwegs als Verlierer bekannten Freunds dienten, unglücklich verfangen, verstrickt und schließlich wütend darin gezappelt, bis es zerriß. Damit war der ganze Aufwand des Schonens für die Katz. Das machte seine Freunde ausgesprochen ungehalten und sie hackten jetzt unverhohlen, geradezu bösartig auf seinem Verlierertum herum, ohne jede Hemmung. Der Verlierer selbst spürte dabei nichts als Übertreibung und Fehleinschätzung seiner Person und Lage. Nun fühlt er sich nicht einmal mehr halbwegs als Verlierer.

*

Nach drei Besuchern an einem Tag stellt er fest: »Ich bin der größte Ausbügler von Unvereinbarkeiten und Niveauunterschieden geworden, der nachgiebigste Sichselbstbehauptende, der mildeste Tadler, der entschuldigungsbereiteste Unverschämte, der sich aus dem herzerwärmenden Moorbad des Relativen nicht mehr erheben will, der im interesselosen Um- und Umfärben aller Werte seine eigentliche, letzte, klarste Begabung findet.«

Nicht selten kommt es seinerseits zu Entgleisungen der Aufmerksamkeit. Wie oft erschrickt er bei einer Frage, die er höflich stellt, in dem akuten Zweifel, ob er sie nicht soeben schon einmal gestellt habe und sie längst beantwortet wurde – ohne daß er es bemerkt hätte. Die Angst, partienweise nicht richtig zugehört zu haben, peinigt ihn gerade dann, wenn er mit gespanntester Aufmerksamkeit zuhört, um den ganzen Menschen zu vernehmen, nicht nur seine Mitteilungen, wenn er also *ganz Ohr* ist.

*

Ein andermal beteuert er einem Gast, wieviel er ihm bedeute: »Um Ihre Bedeutung aber zu würdigen, bedarf es Ihrer Abwesenheit.« Er sei ihm so wichtig, daß er ihn ausschließlich innerlich präsent haben möchte. Nur Distanz und Entfernung erlaubten es ihm, diesen Menschen, so wie er es verdiene, wertzuschätzen. Er könne ihm nur aufrecht begegnen, wenn er nicht vor ihm stünde. Er gedenke inständig und beinahe unaufhörlich seiner, die eigne Person dabei zurücksetzend, fast verleugnend. Trete er indessen vor ihm leiblich in Erscheinung, so wäre sein wahres Präsentsein miteins dahin. »Ich verbitte mir jede Ablenkung von Ihnen durch Sie selbst. Bleiben Sie fern, und Sie sind unvergessen!«

*

Man konnte diesen Freund nicht mehr ins Vertrauen ziehen wie früher. Er sträubte sich, ließ sich ins Vertrauen weder ziehen noch zerren noch schubsen. Keine Macht der Welt brachte ihn in ein von wem auch immer geschenktes Vertrauen hinein. Er wollte auch nicht an »früher« erinnert werden. Er hatte nichts verwunden, nichts von den infamen Verleumdungen, denen er ausgesetzt war, solange er mancher Leute Vertrauen genoß.

*

Er stieg eine Stunde unschlüssig im Treppenhaus auf und ab. Aus einem oberen Stockwerk kam eilig ein Mann und fragte ihn nach Chris Schwimmer. Er sagte, er habe den Namen schon oft gehört, denn täglich frage ihn jemand anderes nach Chris Schwimmer im Treppenhaus. Aber er hätte ihn nie zu Gesicht bekommen. Er müsse fast annehmen, daß es sich um einen Namen des leeren Verlangens, einen nur zum Fragen ersonnenen Namen handle.

*

Es ist eine Form besonderer männlicher Schäbigkeit, den Mann, dem ein anderer die Frau fortnahm, nicht zu loben, ihn nicht mit Komplimenten zu überschütten und nicht vorzugeben, jetzt erst entdecke man seine wahren Verdienste, die er sich in Beruf und Sport tatsächlich erworben habe: Jetzt erst finde man zur vollen Wertschätzung seiner Person, womit man sich über Jahre zurückhalten mußte, nicht zuletzt weil man in Anwesenheit seiner Frau niemals unbefangen genug war, ihn so rückhaltlos zu loben, wie einem zumute war.

Stattdessen finden Männer ihn noch weniger beachtenswert als vor seinem Unglück, empfinden sie seine Bedrückung als störend und hinderlich im Verkehr, erkennen sie nur das Kleine und Ungeliebte an ihm und schämen sich nicht, in die kalten Blicke jener Frau zu schlüpfen, die einen anderen ihm vorzog.

»Ich kam immer ganz zuletzt dran, mich konnte sie ja immer erreichen, ich war da, wo ich immer war. Ich war für sie keine Unsicherheit, keine Gefahr. Ich sagte ihr oft: Wie schön du bist! Noch immer bist du so schön! Aber das war eben nur ich, der Sichere, der das sagte. Hingegen bei anderen, da lauerte sie auf so einen Satz, da suchte sie die Überraschung, die Gefahr …«

*

Sie auf Stufen steigender Ämter in schwindelnde Höhe gelangt!

Ihn aber überrascht auf einmal der Gedanke oder das Gefühl, daß sie ihn niemals fest angefaßt habe. Daß ihre Hände ihn niemals gegriffen, umschlungen, festgehalten haben; daß sie ihn gewöhnlich nur so berührten, wie man ein Tischtuch glattstreift.

Das war vor der Krankheit, sagt sie häufig zu ihrem Mann und meint ihre amour fou-Affäre, den tiefsten Einschnitt in ihrem gemeinsamen Leben. Die Küche hatten wir gerade renoviert. Das war unmittelbar vor der Krankheit.

Dann: nichts weiter, als daß er ihr aufhilft, die ausgestreckte Hand reicht, weil sie wieder einmal ausgerutscht ist und ohne fremde Hilfe nicht hochkommt. An Leib, Gesicht und Händen schmal und schmaler werdend, im Nicht-wissen-Wohin die Hüfte mehrmals wendend.

*

Auftaucht ein Gebilde, das weder für die Leinwand des Malers noch die Filmkamera verwendbar ist und dessen sich ein Künstler mit gänzlich unerprobten Mitteln annehmen muß. Es handelt sich um etwas so Vages wie ein *Fluidum*, das einer Person abhanden kam, eine sphärische Materie, die nun ungebunden durch die Menge streift, bis sie auf jemanden trifft, den sie reizt, ihr Form und Stärke zu geben. So daß sie, nun durchaus ein Kunstwerk, zum Air-Verlassenen zurückfindet, ihn umfängt und endgültig unwiderstehlich macht.

*

Zu einer Abendeinladung kam verspätet Herr Doktor Neuman alias Glienowicz (er hatte den gewöhnlicheren Namen seiner Frau angenommen), in dessen Erwartung eigentlich alle sich versammelt hatten. Begrüßung reihum. Neuman, ein jüngerer Artenforscher, der ein halbes Jahr im Urwald von Peru auf Station war, begann, kaum daß er Platz genommen hatte und ohne eigens dazu aufgefordert zu werden, sofort mit seiner Erzählung, und alle hörten gespannt zu, vor allem weil es von Anfang an rätselhaft war, worauf sie hinauslaufen würde. Bis irgendwann das Wort ungewohnt, ungewöhnlich sich so oft wiederholte in seinem Bericht, daß die Zuhörer, äußerlich immer noch am Erzähler hängend, anfingen, eigenen Gedanken nachzugehen und schließlich erkennbar genug davon hatten, ein weiteres Mal die »daily watchlist« mit dem Erzähler durchzugehen. Der Erzähler beherrschte aber nach wie vor die gesamte Runde, die Stimme des jungen Forschers dominierte, sie gehörte ihrem Ton und Gestus nach zu einem Mann, der keinen Zweifel ließ, daß er wahrhaftig etwas zu erzählen hatte – obwohl dabei nicht viel mehr herauskam, als daß er das Ungewöhnliche seines Aufenthalts immer wieder ungewöhnlich nannte.

*

Die Eingeschlossenen der Zukunft! Als er zufällig seinen akademischen Lehrer wiedertraf, einen altgewordenen Komparatisten, und in der Kantine neben ihm die Häppchen zum Mittag wählte, konnte er beobachten, was alles lebendiges Klischee war an diesem Menschen. Und er sagte sich: Nur das Klischee lebt wirklich, *ausdifferenziert* ist am Menschen außer seinem Organismus gar nichts, er wäre nicht überlebensfähig. Er sah, wie der Lehrer die Hände über dem Steiß kreuzte, Daumen und Zeigefinger gegeneinander rieb, solange er unter den Häppchen wählte, um schließlich keines davon zu nehmen. Als habe er Zurückhaltung zu seinem Prinzip gemacht, sie in sich erhärtet bis zur Verknöcherung ... Was alles hatte er nicht mit sich eins werden lassen! Sein ganzes Menschenwesen bestand aus radikal Üblichem. Schablone neben Schablone im Sich-Verhalten, Empfinden, Reagieren. Das zeichnet aus die Eingeschlossenen der Zukunft. Es werden Millionen zu Milliarden Klischees sich vermehren und herrschen, darin eingeschlossen der menschliche Mensch überlebt.

Vorerst aber gilt: erkenne das Bekannte! Durchmustere eines Menschen Lebensfeld und du findest nichts Eigenes und nichts Unbekanntes. Alles an ihm stammt ab. Oder stammt von.

Da packte ihn sein alter Lehrer bei den Schultern ...

– Sie, mein bester Mann, und so ein Weltentwurf! Sie sind und bleiben nichts als ein Idiosynkrat.

– Auch ein Herrscher!

– Keineswegs. Ich muß Sie darauf aufmerksam machen: krasis, idiosynkrasis, die Zusammenmischung aus Selbstigem, Eigenem, hat nichts mit kratein, dem Herrschen, zu tun.

Jemand wie Sie! Der übt sich in Überempfindlichkeiten, Kommunikationspedanterien. Hängt Lehren nach von vorvorgestern. Der liegt in der Nacht und träumt die Träume anderer … Wer sind Sie nicht alles gewesen mit Ihrem ganz und gar nachträglichen Talent … Brentano und Lichtenberg, Francis Ponge und Manganelli, Isaak Babel und Hart Crane … Metempsychose eines durch und durch Beeinflußbaren. Ja, ein von Glanzlichtern zerstrahltes Talent! Nichts, was Sie waren, stimmt mit dem, was Sie sonst noch waren, überein.

– Sie meinen: fremdbestimmt? Ich? Und wie! Von Kopf bis Fuß. Durch und durch. Klaftertief, bis auf den Seelengrund. Und täglich von was neuem. Marginalismus als Lebensraum. Ein Bezirk, ein Topos, eine Existenz: der Rand. Im übrigen: Welcher Autor dürfte heute guten Gewissens von sich behaupten, daß er mehr biete als eine ausführliche Randbemerkung zu einem der großen Werke der Vergangenheit?

– Wie man's nimmt. So manches »Meisterwerk« erinnert zweifellos an die Scholien-Literatur des Altertums! Da gab es große Romane, die nichts als Kommentare vergangener oder vergessener Meisterwerke waren.

Wahrhaftig, mein Freund, Sie besitzen noch so etwas wie ein literarisches Gewissen. Bei den meisten, mit denen ich umgehe, sieht das anders aus …

Es gibt nichts Deutsches mehr in dir und mir. So müßten jetzt, stell ich mir vor, zwei Liebende sagen, nachdem sie sich lange in die Augen sahen. Nun ja, kein Lessing leuchtet nach, kein Stifter und kein Benn. Weder die Droste noch die Kolmar. Keine Prägung findet sich, kein Einfluß vom schöneren Sprechen, das vor wenigen Jahrzehnten noch die Erwartung und Empfindung formte von Heranwachsenden. Zumindest der Begabten unter ihnen. Die von heute kennen nur das Heutzutage.

– Ja und nein. Kürzlich sah ich etwas anderes. Zwei Junge, sie und er, auf einer Bank und murmelten schöne Zeilen aus ihren Lieblingsdichtungen. Sieh nur, dachte ich, die belesenen Kinder! Welche Vision einer verschwundenen Begabung: poetische Altklugheit der Kinder! Jedenfalls waren sie zu den Originalen zurückgekehrt. Saint-John Perse und Ungaretti. Keine Song-Lyrik mehr mit ihrem Alltagsgebarme, ihrem Aufsässigkeitsschwulst. Das große Gedicht singt selber schön genug. Für diese Neuverschworenen ist die Schönheit eines Verses gleichbedeutend mit einer vorbeugenden Schutzmaßnahme, sie bietet Abwehr statt Rebellion.

– Sehr gut. Man bedenke immer: die Fülle, das Fest, der kurvenreiche Leib der Schrift – die Schrift mit ihren weit auslangenden Armen kann ja das Fernste umarmen.

Unzeitgemäß herrisch erzwingt sich Geduld die gedruckte Schrift. Noch das Blödeste steht darin fest, wie es einst in Marmor gemeißelt feststand.

Die Schrift scheint alles begleiten zu wollen, von der Sintflut bis zur Künstlichen Intelligenz. Sie will überall dabeisein, sich rühren und mittun, auch wenn sie zugleich als ein verstaubtes Utensil vergangener Bildungsprozesse gilt.

Die Schrift fördert die Kraft des Gewärtigens – und das ist auf gut Schlegelsch: die *Divination.*

Es ist unerläßlich für den Leser, ahnen zu können. Die Schrift selber trägt ein Ahnen in ihren Zusammenhang. Zuweilen tritt aus der unbekannten Zukunft des Textverlaufs ein Begriff, eine Wendung lange vor ihrem ersten Erscheinen in den Sinn des Lesers. Ein Text erfüllt erst dann seine Grundbedeutung »Gewebe«, wenn ein Leser in jedem Augenblick mit seinem Ganzen in Verbindung steht. Wenn er Ereignisse oder Gedanken, die demnächst erscheinen werden, im voraus vernimmt, also ahnt. Er brauche, sagte sein alter Lehrer, in verstärktem Maß das Buch, das er entziffern muß. Darin Texte stehen, die er lange anstarren und nur durch Anstarren für sich gewinnen kann. Nur solche sind ihm auf authentische Weise noch Bücher. Ein schnell zu lesendes Schriftwerk in Buch-Gestalt, in dieser ehrwürdigen, jahrhundertealten Hülle, bildet ein Konsumparadox. Für rasches und einmaliges Zurkenntnisnehmen stehen passendere Mittel zur Verfügung.

Leider gibt es kein Genre hermetischer Dichtung mehr, das man deutend zu verstehen sucht. Wer wäre noch bereit zu lesen, was er nicht auf Anhieb versteht?

Lesen bis zur entfesselten Wißbegierde, so daß man bereits das nächste Buch aus dem Bund des gerade gelesenen hervorquellen sieht.

Nun gut. Rettbar ist alles: im Archiv. Wordsworth wie Schleiermacher, Kawabata wie Mörike. Rettbar sind die Originale in den Händen des Sammlers. Allgemeingut aber wird's erst wieder in der künftigen idealen Gedächtnis-Republik.

Dahin gehört auch die Kluge Schule, wie sie mir vorschwebt. Nach so vielen Jahren des gewöhnlichen Unterrichts, zu dem ich verpflichtet war! Sollte es je zu solch einer Erhöhung der Schule kommen – sie könnte sich anlehnen bei der »Pädagogischen Provinz« in den ›Wanderjahren‹ Ein Ort, der Eingeweihte braucht und keine Debatten. In der die Lehren von Pythagoras bis Mandelbrot, die Legenden und Weistümer der Völker aufbereitet werden und strikt vermieden: ›Gesellschaftskritik‹. Die Kluge Schule wäre ein Ort, an dem die *arcana mundi* aus allen Zeiten gepflegt und nutzbringend gehütet werden. Sogar die neuen Tresore der KI könnten hier hilfreich sein.

Weisheitslehren von den Präkolumbianern bis zur Physik der Spätmoderne, damit ließe sich sowohl für Toleranz wie für eine überzeitliche Bildung werben. Wenn es pädagogisch irgendetwas wiedergutzumachen gibt, dann heißt das: den Tag entmachten, ihn in seine Schranken weisen, zumindest ihn durchlässig machen.

*

In einem Satz von Heinrich Hertz, dem Physiker, über die Maxwellsche Theorie des elektromagnetischen Felds verbergen sich zwei meiner Lieblingszitate. Zunächst ein Wort im Sinne des liberalen Marktkonzepts, also die Formel von Hayek: die Strukturen sind klüger als wir, und dann das Valèrysche Diktum: Jedes Kunstwerk gibt seinem Schöpfer mehr zurück, als es ihn gekostet hat.

So Hertz anläßlich Maxwell: »Man kann diese wunderbare Theorie nicht studieren, ohne bisweilen die Empfindung zu haben, als wohne den mathematischen Formeln selbständiges Leben und eigener Verstand inne, als seien dieselben klüger als wir, klüger als der Erfinder, als gäben sie mehr heraus, als seinerzeit hineingelegt wurde.« (Zit. nach Hugo Kükelhaus, Urzahl und Gebärde, S. 147)

*

Wir sind die Frommen des Verstehens. Wir lösen die alten, ärgsten Unverträglichkeiten in einer Schale mit feinsten Differenziermitteln.

Still liegt der Stift neben der Fliege, die sich putzt, die Beine über den Kopf hebt, die Flügel senkt, so feinfühlig, so zart und adrett – die etwa töten? Über den Rand des Stehpults lugt sie, als suche sie Augenkontakt mit dem Schreiber. Aber wer ist der schon in ihrem Facettenblick, dessen zeitliche Auflösung etwa 300 Bilder pro Sekunde beträgt, das Fünffache des menschlichen Linsenauges, so daß sie eine Hand, die sie erschlagen will, in Zeitlupe auf sich zukommen sieht und rechtzeitig fliehen kann.

Die Fliege weht die Asche aus der Schale.

*

Man fragt jemanden etwas, mit dem man sich in gutem Einvernehmen wähnt, fragt es ganz beiläufig und wird unversehens von ihm angeherrscht, entlarvt, beschimpft und gleich darauf belobigt und ermutigt. Man hat ja nur gefragt: Ist heute abend der Kurs? Die Leute beherrschen ihre Affekte nicht, es überlappt sich ihnen das Widersprüchlichste. Die Zartheit überlappt den Zorn, der Unwille überlappt die Demut.

»Nur daß es Gut und Böse gibt und ich das weiß und unversöhnlich unterscheide.«

»Gleichwohl geht eines so gewiß ins andere über wie der Tag in die Nacht.«

Das Empfinden für Gut und Böse, relativierenden Algorithmen überlassen, wird die schärfsten Gegensätze ununterscheidbar machen.

Shakespeare, Heinrich IV, II. Teil, 4, 1:

»Man wird uns worfeln mit so rauhem Wind, / Daß unser Korn so leicht wie Spreu erscheint, / Und Gut und Böses keine Scheidung findet.«

*

Zenon befragte das Orakel, was er tun müsse, um sein Leben am besten zu führen. Da habe ihm der Gott geantwortet, »die Farbe der Toten annehmen«. Das habe er dahin verstanden, daß er die Schriften der Alten lesen solle.

*

»Die Griechen oder Könige haben neue Formen der Sprache entwickelt, um Beweise hervorzubringen, aber ihre Philosophie besteht aus lärmenden Worten. Wir hingegen verwenden nicht Wörter, sondern die große Stimme der Dinge.« So sagen die arabischen Alchemisten (vgl. Evola, Die hermetische Tradition, 125: Zitat aus dem Corpus Hermeticum XVI,2).

Sunt *voces* rerum … Auch die Dinge haben ihre Stimme. Und wir saßen mit ihnen im selben Parlament. Wer hätte geglaubt, daß wir zuerst von den Dingen verlassen werden, daß sie sich gänzlich auflösen in Gegenstandslosigkeit, keinen anfaßbaren Rand mehr haben und nurmehr Schatten unter Schatten sind?

Ist das noch eine Welt, vor der man die Augen verschließen kann? Oder ist es, längst unter die Lider geschlüpft, immersive Fälschung, der man selber beigemischt ist, indem das Subjekt des Betrachters sich zur obersten Täuschungsinstanz entwickelte. Täuschung ist zugleich, nun erst recht unter dem Einfluß der KI, die höchstentwickelte ästhetische Hervorbringung der Gegenwart. Fälschung die einflußreiche Erfahrung dessen, der mit offenen Augen durch die Welt geht. Die universale Flunkerei hat keinen Ausgang und hält uns gefangen in der unentrinnbaren Platon-Höhle.

Im Ausgeding der Dinge. Da nun die greifbaren den leiblosen weichen, empfindet man auf einmal auch die eigene Leiblichkeit als plump und zurückgeblieben.

Die Sphäre der Neuen Koexistenz – hier die *Dinge unter sich*, dort die *menschenähnlichen Menschen* – erfordert auch neue Hieroglyphen, eine neue nächtliche Bilderschrift.

Nicht daß eines der Rätsel des Menschen gelöst wäre, bevor er sich nun den Menschen-Ähnlichen zugesellt und jeden Sinn verliert für das Unergründliche.

Man studierte die Rede vom Ewigen Leben in der Heiligen Schrift und hielt sie für eine Machbarkeitsprognose.

Man suchte überall in den sakralen Phantasien nach versteckten Produktionsanweisungen. Man übersetzte aus dem Nicht-Möglichen ins Noch-Nicht-Mögliche. Nichts wurde um des reinen Träumens willen geträumt, nichts ausschließlich zum Trost erdacht. Alles frei Erfundene war ein Vorgebilde auf dem Weg zur Realität.

Gleichzeitig gingen nun die meisten Menschen auf eine etwas schablonenhafte Weise freundlich miteinander um. Man lächelte ununterbrochen, aber es war ein stereotypes Lächeln, das oft gefärbte Zähne zeigte. Denn alle, ausnahmslos alle waren nun bei künstlicher Gesundheit, künstlichem Verstand und künstlichem Selbstgefühl. Es war an Schelten, Übertölpeln, Hintergehen nicht mehr zu denken. Die Europäer waren kleine, zarte, auf ein dumpfes Gemeinschaftsgefühl beschränkte Gemüter. Begegnungssüchtig, unfähig, einen Abend allein zu verbringen, beinah außerstande, sich morgens anzukleiden ohne Zuspruch aus öffentlichen Medien. Inzwischen konnten sie sich ohne pharmakologische Unterstützung weder wiedererkennen noch fortpflanzen oder an der Wahlurne eine Entscheidung treffen. Auch verfügten sie über keinerlei Illusionen oder Utopien. Sie waren die fleischgewordene Vision der schwachen Überlebenden. Was aber hatten sie überlebt? Sie hatten den Exodus des menschlichen Intellekts und seine Übertragung auf die Spezies der Artefakte überlebt.

Die Künstlichen. Sie schmeißen uns raus, sie wollen uns noch einmal vertreiben, nicht aus dem Staat, nicht aus dem Paradies, aber aus der Heimat des Subjekts, dem Menschsein als Problem.

*

Das ewig Gestrige jeden Tags erinnert daran, daß die Weltgeschichte einst Folge einer Götterherrschaft war. Es ist ein Urvermissen in allem Zeitgemäßen angelegt. Auch wenn jemand noch so begierig sein Hier und Heute betreibt, er bleibt doch immer von einem Gestern aufgezäumt. Sein gesamtes Ordnen und Begreifen schöpfen ja aus Beständen des bestandenen Lebens.

*

Eines Tages wußte er, dieser Mann ist dein Freund seit eh und je. Alt ist er geworden mit seiner Freundschaft zu dir, von der du nichts wußtest. Über so viele Jahre hin! Und nur der Zufall wollte es, daß du ihm spät noch begegnet bist und es von ihm selbst erfuhrst. Verständigt in einer Stunde, denn insgeheim waren wir über Jahrzehnte eines Sinns gewesen. Abschließende Verständigung bei erster Begegnung.

Keine Hand konnte ich rühren, stand erstarrt in Zugewandtheit, *heterotrop* bis in die Fingerspitzen und an jeder Stelle meines Gewissens. Ihmwärts zu, nur zu ihm hin wollt ich eine Schlagseite haben. Nur noch Ohr und Aug zu ihm hin und flitzende Webschiffchen im Hirnstuhl, daß mir nichts entgehe; ohne Urteil sich etwas merken, immerzu aufmerken, empfangen mit hoher Präzision. Verarbeitung später.

In diesem mißtrauischsten aller Regime mußte man umfangreiche Behördenfomulare ausfüllen, um einen Antrag auf Freundschaft zu stellen. Man konnte sich keinen Freund frei wählen und sich ihm verbinden, ohne daß ein Amt, also der Staat, es zuvor genehmigt hatte.

Auslassungen, Retizenzen, Verhehlungen – das Verschwiegene selbst regierte die Rede der lizenzierten Freundschaft. Und das Gesagte suchte in jedem Satz einen sicheren Schlupfwinkel, wo es wie nicht gesagt überleben konnte.

*

Große Geister besitzen keine Hintergedanken. Der Großmütige sieht nicht *hinter* ein Geschenk, eine Floskel, einen Abend mit Gästen. Er erfaßt, was ihm des Erfassens wert erscheint, alles übrige bleibt unbemerkt. Und die Rumpelkammer des Bedeutungslosen beunruhigt ihn nicht wie den Kleinlichen, den Reizbaren, den ehrgeizigen Experten des Argwohns, der jeder Äußerung einen Hintersinn unterstellt. Dem im übrigen jede Richtung die seine werden könnte, sobald jemand sie nur energisch genug vertritt. Der Boulevard wie die Klause, die Sentimentalität wie der Sarkasmus, das Machtwort wie das Schlagwort, alles käme auch für ihn, den Kleinlichen, in Frage. Einen Menschen, der täglich eine Kompanie von Identitäten auf seinem inneren Paradeplatz exerzieren läßt.

*

Er lief durch ein Lagerhaus voll halbverschütteter Lebensräume, in denen sich eben noch etwas regte. Von einer Plane bedeckt Schachspieler, vor einem Gasboiler ein fluchender Installateur. So stieß er eine Tür nach der anderen auf und jeweils rief der Raum: »Liebe?« Er: »Nein, nicht mehr.« Oder ein anderer Raum: »Reichtum?« »Nein. Nichts für mich.« So rannte er von Tür zu Tür. Wieder rief ein Raum: »Heimat?« »Nein, muß nicht sein.« »Weltzorn?« »Nein, sagt mir nichts.«

Er befragte eine *Regung* nach der anderen, die sich anbot, die seine zu werden, ob sie sich etwa für ihn eigne.

Manchmal wiederholte er die Angebotsfragen, bis sie zu spitzen Selbstbefragungen wurden. Einmal fragte ihn ein Lebensraum etwas ungeschickt: »Harmonie?« Zum ersten Mal lehnte er nicht ab. Kurz darauf öffnete sich ihm der Zugang in eine Welt des Wohlgefallens – Heraklits *εὐαρέστησις!*... Ein Raum, in dem Wunsch, Wille und Begierde noch nicht ausgebildet waren, ein Eden des Genügens, in dem es keine Versuchung gab, nicht einmal ein Paar. Dort gab es nur Alleinsein in paradiesischer Vollendung.

*

Die Eroberung einer Hochkultur durch Barbarentum, wie sie das klassische China im 17. Jahrhundert erlebte, nämlich im Übergang der Ming-Dynastie (der »Hellen«) zur mandschurischen Ch'ing-Dynastie (der »Klaren«), haben wir ohne Fremdherrschaft aus uns selbst hervorgebracht.

Allerdings verfiel die Ming-Dynastie schon vor ihrer Eroberung durch Korruption und unfähige Administration. Aber oft waren die Beamten unfähig aufgrund ihrer konfuzianischen Introvertiertheit, ihrer träumerischen Realitätsferne. Anders als beim Einfall der Mongolen und der Liquidierung der Sung- Dynastie im 13. Jahrhundert, war diese neue Eroberung im wesentlichen in der Schwäche der herrschenden Dynastie begründet. Symbolisch dafür: als der Bauernführer, der sich »Hervorstürzender König« nannte, am 24. April 1644 Peking eroberte, erhängte sich der letzte Kaiser der Ming, der letzte Kaiser Chinas überhaupt, am nächsten Morgen. Dergleichen und mehr liest man bei Wolfgang Bauer, ›Das Antlitz Chinas‹, 1990.

Die Mandschu verordneten den Chinesen die Steppentracht und den langen Zopf.

Chang Tai verlor in den Wirren des Dynastie-Wechsels seinen gesamten Besitz, 30 000 Bände Bibliothek. Er zog sich in die Berge zurück, trug keinen Zopf, lebte nur noch seinen historischen Studien, in denen er sich mit der untergegangenen Dynastie beschäftigte. Eine Schrift heißt: »Träume und Erinnerungen aus der ›Klause der Zufriedenheit‹«.

*

Auf der Flucht vor der kotenden Harpyie, dem Wappentier der Sozialen Medien, war ihm nur das Versteck unter einem schwerbeladenen Schrank geblieben, dessen Boden sich bog und bald zu brechen drohte. Dort wurde die Bedrückung durch das splitternde Holz sein Schicksal: Es hieß, sich niemals mehr aufrichten, unablässig den sinkenden Schrankboden mit der Brust aufhalten.

*

Es langweile ihn, in einem Gebilde, das es nicht mehr gibt, *Gesellschaft*, etwas anderes wahrzunehmen als die nervöse Unordnung von Ordnungsfragmenten. »Die Gesellschaft« war ein Lustspiel aus dem 20. Jahrhundert. »Das Netz« rückt an seine Stelle, scheitert aber bereits aufgrund der Fülle von dramatischen Schablonen. Hier mangelt es an Fallhöhen menschlicher Schicksale. Man weiß wenig von Dramaturgie, wenn man nur in den Sozialen Medien verkehrt.

*

Es fängt mit harmloser Aufklärung an und endet mit professionellen Betreuern. Jeder Rundum-Befreite braucht irgendwann einen Coach, um noch einen Fuß vor den anderen setzen zu können.

Das Gefild der Euhemeristen – also jener, die mit rationalen Mitteln Mythen zu erklären suchten und beispielsweise die Ansicht verbreiteten, die Götter seien nur Projektionen, die aus der Verehrung weltlicher Herrscher aufgestiegen seien.

Das Rückzugsgebiet der Euhemeristen war am Ende eine

Badewiese am sonnigen See, überfüllt zur Mehrheit mit Frauen und Mädchen, die auf ihren Badetüchern saßen mit angezogenen Knien oder sich im Gras ausstreckten mit hinterm Kopf gefalteten Händen. Allein diese Vorhut des weiblichen Geschlechts hatte das Erbe der Euhemeristen übernommen; zwar nicht mit der Entzauberung des Himmels, sondern mit der Entzauberung ihrer selbst. Davon sich zu erholen, lagen sie nun in dichter Gemeinschaft auf der Wiese. Unwillkürlich gewannen sie dort in der Darbietung ihrer Erschöpfung etwas vom Zauber zurück.

*

Den höchsten Gipfel der Rationalität umgibt weißer Rauch. Ist die Weltformel, theory of eyerything, einmal gefunden, versetzt sie den Physiker in Trance. Die endgültige Erkenntnis tilgt in einem Akt der räuberischen Benommenheit die Geschichte ihres Erwerbs. Es beginnt die Rückverzauberung der Welt.

Auf einmal ist es, als ob sicheres Wissen an sich verschwunden wäre und es eröffnet sich wieder ein Kosmos der schönen Vermutungen.

Selbst das seltene deutsche Wort *gissen* käme dann wieder zu Ehren: den Standort (eines Schiffs, eines Flugzeugs, eines Philosophen) schätzen, ungefähr bestimmen, vermuten. Auch die Position des allzeit Unzeitgemäßen kann man nur gissen.

*

Woher des Alten Lächeln und worüber? Man muß wissen, daß sich der allzeit Unzeitgemäße zuweilen der »Advokat« nannte und auch von Verwandten und Freunden Advokat gerufen wurde anstelle des Vornamens, obgleich er seit Jahren nichts mehr mit dem Kunsthandel zu tun hatte. Jedoch in einigen Zweifelsfällen war er nach wie vor der ›Herbeigerufene‹, advocatus, oder der zur Berufung Bestellte. Advokat am »Appellationsgericht« für unhaltbare Kunsturteile.

Gern übte er sich dabei in schneidigen Sentenzen:

»Wenn ein Künstler einmal zeitgemäß war, erholt er sich sein Lebtag nicht davon.«

»Man hat sich der Trivialität prostituiert, mit allen Kräften hat man versucht, das Dumme einmal mit anderen Augen anzusehen. Dem Gehabten einen Weg in die Zukunft zu bahnen, das Abgetane durch brennende Liebe neu zu beseelen.«

»Zu allem der leichte Zugang. Immerzu nur auffliegende Türen – doch wo die eine verbotene Pforte?«

»Jawohl, wir benötigen neue Mauern: antimedienimperialistische Schutzwälle.«

»Statt Nietzsches Hammer, der Götzen zertrümmerte, braucht es heute ein Laserskalpell, um die Tumore der Gesinnung aus der Hirnrinde zu entfernen.«

Später verlor sich das Apodiktische, dafür pflegte er so etwas wie eine Ästhetik der Hemmung und des Entschlüpfens, wenn er seine Urteile von sich gab. Diesen stillen und mitleidlosen Mann beschlichen auf einmal die furchtbarsten Verluste: »Mir, mir entziehen sich die großen Werke«, klagte er, »mir verschwimmt ihre Bedeutung, mir, ihrem Inständigsten, als wär ich gewandelt in hartschuppigen Barbar … Als wär ich ein aus tausend Letzten sich auftürmend Allerletzter!«

Das politisch Unaussprechliche, das ihn voranstieß, hemmte ihn nun, und von all dem Finalen, das er sich ausmalte, blieb nur ein geringes Lippenbeben, nur eben das Wörtchen »Schrecklich … schrecklich« kam dann heraus. Das geschah bald nicht nur beim Blick auf angeblich verwerfliche Werke, sondern schließlich bei allem, was sich ihm sonst von der Welt mitteilte, entschlüpfte ihm ein leises, fast unhörbares »Schrecklich … schrecklich«.

*

Wer schildert uns die neue ›Welt von gestern‹?

Es gibt sie nicht. Es gibt nichts von einer untergegangenen Epoche zu erzählen. Das urepische Verlangen des Erzählers bleibt unbefriedigt. Da gibt es nur das eine Bewußtsein von Zeit, immer nur: vorwärts, Entwicklung, Erleichterung, Innovation, Fortschritt.

Im Gegensatz zu den Geistesgewaltigen des ausgehenden neunzehnten Jahrhunderts sieht heute trotz neuer Kriege und bedrohlicher Konfrontationen niemand mehr einen Epochenbruch voraus. Das Digitalium kennt keine Vision von der Überwindung seinerselbst. Man rechnet fest mit einer weltlichen Fortschreibungsewigkeit.

Die Postkognitiven nannte man uns, da wir nichts Neues wissen, ahnen oder erkennen konnten, stattdessen ab und an unser ehemaliges Bewußtsein besuchten, Bewußtsein all dessen, was wir glücklich zu Gegenwart und Weltbild formten und von dem wir nun, unendlich erleichtert, ausruhen dürfen. Geborgene in der luftigen Hülle des Vollbrachten, des Präteritums.

Das Dritte Zeitalter der tausendjährigen Gegenwart: In

Anlehnung an Joachim von Fiore, den kalabrischen Abt aus dem 12. Jahrhundert, sollte eigentlich nun die endlose Ära der reinen Vergeistigung folgen. Für uns wahrscheinlicher wird es ein nicht mehr ablösbares Zeitalter der Artefakte sein ohne jede Metaphysik der Erwartung.

Was also sonst lohnte es vom Menschen zu zeigen als seine schöne Gestalt? Der allzeit Unzeitgemäße, der allen Ernstes glaubte, anderen mit unbequemen Moralitäten auf ihre eingeschlafenen Füße treten zu müssen, hatte durchaus nicht bemerkt, daß diese Füße sich in Wirklichkeit mit äußerst aparten, flinken Tanzschritten bewegten – und ausgerechnet in ihren kunstvollen Ruhestellungen war er draufgetrampelt!

*

Es gebe kein richtiges Leben im falschen, war bloß ein Bonmot des Philosophen. Das zerstörte hingegen, das von allen unter Wert gelebte, ist das »Faktum einer unbeschreiblichen Traurigkeit«, wie es in einem Brief Nietzsches an Overbeck heißt. Von all den Entwürfen und Exzessen, von allem Aufbruch, aller Sehnsucht, von Übermut und Könnenslust, von der zeitlichen Allmächtigkeit des Menschen bleibt am Ende dies Faktum einer unbeschreiblichen Traurigkeit, vor dem alle Lehren und Weisheiten verstummen.

Nicht aber Mozart; hört man am Morgen eines seiner preußischen Quartette, so kommt ein Anwehen von Verzeihen aus der Musik. Ein Verzeihen, dem menschlichen Gewese insgesamt gewährt. Gott verzeiht ja nicht, sondern vergibt. Der herrliche Künstler aber, Mozart, kann uns in Tönen etwas von einem finalen Verzeihen ahnen lassen.

III

Auch einer: der Sätzemacher

Es gibt Filmemacher, Liedermacher, Theatermacher
und (einige wenige) Sätzemacher.
Sie müssen aufpassen wie die Heftelmacher, auch ihre
Feinarbeit berücksichtigt winzige Ösen und Haken.

Eins

Das Gewinnstreben nimmt zu angesichts nickender Efeublätter. Die bejahenden Gesten der Natur ermuntern den unschlüssigen Investor.

Mann und Frau? Ein Märchen aus uralten Zeiten.

Frei auf den Platz hinaustreten und verschwunden sein. Die Agoraphobie war gerechtfertigt.

Er war dafür bekannt, daß er überall nur am Rand entlangstreifte und nichts sehen wollte, was er nicht vorhergesehen.

Er beobachtete gewissenhaft, wie sein Charakter sich Monat für Monat verschlechterte.

Gong Xian, chinesischer Künstler aus dem 17. Jahrhundert, bekannte sich, wie alle chinesischen Maler zu damaliger Zeit, zur Vergangenheit und gestand, er habe vierzig Jahre lang die Werke von Mi Youren aus dem 11. Jahrhundert studiert.

Der Literatur fehlt eine Ästhetik der Anhänglichkeit.

Du hast alle gegen dich: doch wie beneiden sie dich um diese Chance!

Sah Bauernburschen in Bundhosen nie tanzen – die Beine werfend, sah ich sie tanzen. War dabei – nie dabei. Irgendein Filmbild oder live? Gedächtnisgeschichtlich eher gleichgültig: dabei – nicht dabei. Es nicht unterscheiden können. Dabeiseinsagnostizismus.

Besseres, als dir *unwillkürlich* geschieht, wirst du mit dem besten Willen nicht erreichen.

Lathe biosas! Epikurs »Lebe verborgen« ist immer möglich, ungeachtet der Widerrede Plutarchs in seinen ›Moralia‹. Denn manch einer macht sich wichtig damit, trägt seine Verborgenheit wie ein Kostüm, das jeder durchschaut.

Es kommt keine Sonne, sagt der verliebte Schnee zur Nacht, wir sind ganz allein. Schwarz auf Weiß. Wir könnten es tun. Jetzt gleich.

Er mag sagen, was er will, solange er nicht das Sagen hat.

Was wir sehen, ist Verschwundenes. Was wir singen, längst Verklungenes. Was da fließt, Verflossenes.

Die Jungen haben alles, was sie zum Leben brauchen – außer der Erinnerung an ihre Jugend, die überhaupt erst lebendig macht.

Seine Ehrfurcht gilt dem vielfach vermittelten Gott – dem durch Denken, Bilder, Künste, durch Geschaffenes *medialisierten* Schöpfergott.

Das Alleinsein vor Ihm. Das Trödeln vor Ihm. Der Finger schreibt in den Sand.

Die Abglanz-Maxime Goethes ins Kognitionstechnische übertragen: Wir sind nur im Vermittelten wir selbst. Mensch heißt Medium, Gemäßigt-Gemitteltes. Selbst noch der Lichtspeer, der den Saulus aus dem Sattel stieß, ist dann ein medialer Strahl.

Theophan. Gott durchscheinen lassen, dafür gibt's den Menschen.

Leben, ein einziges Gebaren, auf daß sich der Tod vertage. Man muß sich allerdings was einfallen lassen. Siehe Scheherazade.

Das Unbekannte des Menschen, der einem der nächste ist, kommt erst mit den Jahren zum Vorschein. Um so mehr, als man zusammenbleibt, während der Zweifel, zusammenzugehören, größer wird.

Zwei

Wie der nicht ganz Blinde die schaukelnden Schatten, so gewahrt der Erzähler das wankende Gesamte im Verlauf seiner detailgetreuen Schilderung.

Auf meinem Weg gab es nur Wegweiser mit abgebrochenem Richtungspfeil.

Faßte man im Schrank einen Anzug oder ein Kleid beim Ärmel, so zappelte das Teil wie wild und sträubte sich. Keines wollte noch einen Menschen kleiden.

Man möchte endlich damit beginnen, sein Wissen zu sortieren. Doch man weiß nur Unsortierbares.

Das Werk, fertiggestellt, läßt ihm sein Talent bewundernswert erscheinen. Alles Fertige macht dumm.

Wieviel Reservate des Törichten benötigt der gesunde Verstand! Und wieviel Kraft bezieht er aus Undurchdachtem!

Er schweigt so gleisnerisch wie er redet.

Ich lebe, das ist: ich verweile in einem »Loch des Todes« (Yves Bonnefoy) wie der verschüttete Bergmann in einer Luftblase.

Eine Frau erkennt sich durch den, der sie liebt. Ihre Habgier, ihre Eifersucht, ihre Empörung, ihren Hochmut, ihre Halsstarrigkeit hätte sie ohne ihn nicht entdeckt.

Bergab das Herz voll Gipfelstürmerei.

Wozu die tiefen Blicke, wenn sie dann nur zu einer leidenschaftlichen Vegetarierin führen?

Eine Wehe von Ununterscheidbarkeit kam über die Mitteilsamen, und tausend Zungen mußten auf einmal dasselbe sagen.

Das grausame Verständliche, der Flächenbrand des Plausiblen.

Oder daß nur das lange Schauen etwas Ähnliches kennt wie die unendliche Melodie in der Musik. Vermißt er also des Denkens unendliche Melodie?

Getraut hat zwei Liebende die lange Zeit, die sie beieinanderblieben. *Tantum temporis* wurde spät graviert in ihre getauschten Ringe.

Waren wir nicht ursprünglich ein einziger Sonnentropfen, der beim Aufprall auf das Pflaster entzweisprang in du und ich?

Denkbar wird manches nur noch nahe der Lohe. Und eines Tages wieder wird ein Denken die Lohe selbst.

›Fermenta cognitionis‹ (Franz von Baader). Bilder, die man sich zu Herzen nimmt, werden zu Gärmitteln eines stärkeren Ahnens.

Stichworte, *apoththegmata, sententia brevis vel acutum dictum,* Stiche, die erst mit einiger Verzögerung weh tun. Tod dem Aphorismus. Nieder mit der Gescheitheit.

»… denn der Teufel ist lauter Geist … es ist keinerlei Dunkelheit im Teufel …« (Kierkegaard, Krankheit zum Tode)

Vernunft! Du verstehst von Gottes Sachen kein Meitlein nicht, drum mache mir nicht viel Possen mit deinem Widerbellen, sondern halte dein Maul und schweig! (Luther)

Vox Dei soloicismus – Gottes Stimme spricht aus dem Sprachfehler. (Jean Paul, Das Kampaner Tal)

Das Modewort »Narrativ« benutzen ausschließlich Menschen, die zum Erzählen nicht die geringste Begabung besitzen.

Darf man in den Tagen, da ukrainische Soldaten einen verzweifelten Abwehrkampf gegen die russische Aggression leisten, daran erinnern, daß bei uns im Jahre 1994 der Bundesgerichtshof festlegte, der Tucholsky-Spruch »Soldaten sind Mörder« sei eine erlaubte Meinungsäußerung, jedoch keine strafbare Beleidigung?

Erstes entsteht aus Proto-Erstem. Vor jedem »Im Anfang« befinden sich verschiedene anfangsträchtige Elemente im Wettstreit miteinander.

Ein Schnürsenkelschlürfer, ein Tunnelpfeifer, ein Fassadenlecker – drei Männer, drei Divers-Gelüste.

Das Imprägniermittel »Auriol« sollte ein Autor wohldosiert seinen Figuren mit schwacher Aura verabreichen. Zuviel davon verbessert ihre Ausstrahlung nicht.

Der greise Hamlet. Ein junges Stück.
Der greise Novalis. Frische Sätze.

Manche Bücher, denen du Gefolgschaft leistest und dich rückhaltlos anvertraust, behandeln dich kühl und von oben herab. Als ihnen nicht gewachsen. Wenn nicht gar als lästigen Eindringling.

Ein Blick, der unbewußt an etwas Nebensächlichem hängenbleibt, ist nicht selten eine Keimzelle neuer Einsicht.

Sitzen und von Zeit zu Zeit diese Ausstülpungen des Geistes, Signale für Artgenossen wie die Quakblase für die des Laubfroschs.

Das Unerreichbare nimmt zu mit den Jahren. Das Undeutbare nimmt sogar überhand. Irgendwann bleibst du begriffsstutzig stehen vor jeder geschlossenen Tür.

Was nicht Entwurf, ist Erinnerung. Was nicht Erinnerung, ist namenlose Geduld. Groß schön umstürzend verführerisch ist die Geduld.

Kommt irgendwann so ein Wassertrinker Nietzsche und wähnt, den »Weinsäufer« (Mt 11,19) Christus zu stürzen!

Du sollst dir kein Bild von dir machen. Du sollst dich aus den Augen verlieren. Du sollst über dich hinwegsehen.

Geboren hinaus in den Wankelmut.

Es war ein rauher Kieselstein, der unter der Zunge rund wurde, all die Jahre, da sie voneinander entfernt lebten. Als ihr Kuß ihn in seinen Mund schob, sich abzuhärten gegen den Abschied, war der Stein noch eckig und spitz.

Das früh ermüdete Grün. Das Hängenlassen von Armen und Geist in allen Bäumen, fast erbarmenswürdig. Ein rauchiges, staubiges Sterben durchzog seit langem den hohen Sommer. Wie wird es den Blättern gelingen zu altern noch bis in den Oktober hinein?

Viel zu früh fällt das erste Laub! Tausend abgerissene Kalenderblätter eines langen Lebens, die nun der Wind durcheinanderwirbelte.

Untergründige Verwandtschaft: Die Neoteriker, Dichter ca. 50 v. Chr., der bedeutendste Catull, kümmerten sich nur um Freude, Liebe, Häusliches. Kein Interesse an der Politik.

Was alles kann man mit in die Enge nehmen? Wie schwer ist das umgebende Element? Für das Wimperntier ist seine natürliche Umgebung, das Wasser, so zäh wie Sirup; es schraubt sich wie ein Korkenzieher hindurch. Man vergleicht damit unwillkürlich das mühsame Vorwärts des Autors in seinem Element: der Schrift.

Du hast noch den Frankfurter Römer vor dem Wiederaufbau gesehen. Den Stachus ohne Ampeln überquert. Was hast du daraus gemacht? Jetzt erlebst du die Beschattung des Alters durch ein Eulengeflügel, das dich zwingen will, dir Rechenschaft zu geben. Addenda, Addenda – der Fluch des späten Talents. Ich füg nur schnell noch was hinzu ...

Zuweilen war mir, als sei ich ganz allein mit der *Wiedervereinigung*. Das hohe Wort hätte nur mich mit seinem mystischen Sinn berührt, so daß ich davon deutscher wurde, als es die Zeitgeschichte erlaubt. Im Sinne des *hieros gamos*, einer heiligen Hochzeit, eines Glücks, wie es das Kauderwelsch Geschichte so deutlich nur selten herausbringt.

Damit habe ich mich vor meinen intelligenten Landsleuten ebenso lächerlich gemacht, wie sie umgekehrt mir als armselig unbegabt für das Ereignis erschienen.

»Die ganze Gesellschaft ist aufgerufen!« Das Abstraktum als Ansprechpartner, die Gesellschaft als Metonymie für unzählige einzelne ist eine Stilblüte wie »die Unsichtbare in Hut und Mantel«. Das demokratische Bekennen neigt zur Katachrese, sobald es sich dem Pathos nähert.

Drei

Alle Welt zittert vor Zukunftslust: KI wird auch das Unendliche vermehren!

Ich bin ja nicht wirklich reich, sagte die ältere Dame, die einen Begleiter suchte. In der Anzeige stand nämlich: Wer möchte mit *reifer* Dame den Winter am Meer verbringen? Sie haben sich verlesen.

Tiefe Blicke, die schließlich zu jemanden führen, die nur eine Leidenschaft kennt: die vegane Ernährung.

Meine Ehrfurcht erträgt den glitzernden Spott der Sterne.

Vieles, das wir alltäglich tun, banalisiert einen würdigen Ritus. Jeder Gruß eine verkrüppelte Ehrerbietung. Jeder Handschlag ein veralberter Pakt. Jedes Lächeln, um den Fremden versöhnlich zu stimmen.

Alles ist voller Götter, so Thales. Alles ist volle Realität, so heute ein des Virtuellen überdrüssiger Künstler.

Der ungewiß Wissende in allem: Irgendwie seh ich's ja, aber ich weiß nicht, wie ich es ausdrücken soll ... Utcumque video, sed quomodo id eloquar nescio (Augustinus).

»Noch genauer! Sag es bitte noch ein wenig genauer!«

Sie, die in der Beschreibung, die er von ihr gibt, dahinschmilzt.

Der Ansitz des Gesichts – all ihr Sehen Jagd.

Ein Stieglitz auf dem Kiesweg, die Füße ausgestreckt, den roten Kopf gereckt, so daß die Kehle freiliegt und das tote Tier sagen läßt: Erkenne mich! ... Ich war der Ruf!

Die aufgelegte Hand, einem Holz, einer Schulter, dem Fell eines Tiers, bewahrt die Form des heilenden Handauflegens. Während die Hand, die wackelnd eine Rede begleitet, jede Verbindung zu einer Kraftquelle verloren hat.

Was glauben Sie eigentlich, wer Sie sind?!

Das weiß ich nur zu genau. Ich bin der Ketchuprest auf der Resopalplatte, den das Serviermädchen mit einem stinkenden Saugtuch vom Tisch wischt.

»Hat auch sein Gutes«, sagt der Arme nach jeder neuen Einbuße.

Er habe sein Geheimnis, aufgrund dessen er von den Leuten der Geheimnisvolle genannt wurde ... er selbst habe es komplett vergessen. Er werde wohl eine Zeit lang noch die Miene des bedeutsamen Schweigers beibehalten, obgleich er zugeben müsse, daß sein Geheimnis in ihm für immer verlorenging.

Die Esche Yggdrasil, Baum der Welt, an dem unzählige Weltbilder hängen wie Christbaumschmuck.

Tod des Vaters – er hat mich nur verlassen, um mich nie zu verlassen.

Der Mut geht seine eigenen Wege; er wächst mit dem Gefallen an sich selbst. Er nimmt nicht mit der Gefahr zu, sondern mit der schwindenden Befähigung, sie in vollem Umfang zu erkennen.

Das Mitleben des Gegenteils an jedem Teil.

Der Rückzug des Lächelns auf den neuen Gesichtern hatte zur Folge: ein Überspringen des Verliebtseins in der Liebe. Das Paar kam binnen kurzem auf Vertragsfragen zu sprechen.

Er hatte sich in einen Sinn verliebt. Doch wie alle früheren Geliebten verließ auch der Sinn ihn nach kurzer Zeit. Aber solange er betört war, wurden ihm alles Auffassen und Verstehen ein Fest.

Der Himmel in Schwärze brach binnen Sekunden zusammen, Blitze schlugen mit Getöse, als wüteten sie einzig über seinem Kopf. Alles Licht erlosch, er warf sich über die steinerne Stufe – und ließ es geschehen. Es gibt ja keinen Aufstand gegen das Unwetter. So wenig wie gegen das Unheil.

Vier

Es war so, daß ein Dutzend farbiger Luftballons, an ihr rechtes Handgelenk gebunden, das allzu bereitwillige Sinken des Stifts zum Papier aufhielt.

Solange die Überzeugung herrschte, daß Mann und Frau das Spiel der *Ergänzung* erfanden – wieviel Vermochtes im Unvermochten brachte mit sich die glückliche Idee!

Es fiel kein Wort. Ich nahm die Hände vom Gesicht. Leonard löste die verschränkten Arme und verließ das Zimmer. Cordula setzte sich an den Tisch und klappte ihr Tablet auf. Das Schlimmste war überstanden.

Die Welt als Rodomontade. Aufschneiderei alles Irdischen.

Enthüllung eines Jahrhundert-Irrtums. Das Mahnmal Marxismus/Leninismus, errichtet an der Stelle der alten Heldengedenkstätte.

Man sagt sich: keine Sperenzchen mehr! Schon flattern unter der Hand hübscher denn je die Sperenzchen herauf.

Der Welt als Wille und Vorstellung schwinden die herakleischen Reserven, wenn sie keine Weltbilder mehr stürzen kann.

Die Vereinigung verschiedener Gesellschaftsnormen innerhalb eines disziplinierten Individuums erlaubte es Valéry zu sagen: »Beim Nachdenken *werde* ich aristokratisch und oligarchisch.« Oder Dávila: »Die Demokratie habe nur dann Bestand, wenn die Individuen genügend antidemokratische Elemente in sich vereinigen.«

Die Kimm-Linie – die Linie am Horizont, da Meer und Himmel sich zu berühren scheinen. Kimm-Linie der Zeit zwischen einst (damals) und einst (in Zukunft).

Die Gewalt des Gottes: daß er uns sein läßt. Das ist zuerst ein Kausativ: Er veranlaßt, er macht uns sein. Und dann wird's permissiv ... Er läßt uns sein bis zum Gehtnichtmehr.

O dies Weiterreden! Ohne Halt und Grenze ... Immer aufs neue beginnend, irgendwann zum Ende kommend, dann wieder auflösend das Ende, nie das Endgültige! Nie ein Ende, das gilt.

Nur der wie ein langes Kleid geraffte Geist durchquert unbeschmutzt die Abwässer der Kommunikation.

Zuletzt möge man's worfeln wie das Getreide, damit günstiger Wind dem Eingebrachten (Niedergeschriebenen) die Spreu austreibt.

Dichter, Restlichtverstärker.

Wenn alle ausruhen, wird der Poet, Sohn des Predigers, zu sprechen beginnen. Seine Stimme füllt die Lücke zwischen Gebet und Lustschrei.

Gelebt nach den Uhren meiner Toten, die ich aufhob; auf deren Ziffernblatt die Schatten der Zeiger die wahre Zeit markieren.

Mir ist kalt, sagt sie, und ihre Hand faßt immer noch kältere Dinge. Den Riegel der Pforte, das Blech des Spüleimers, das Eisen der Zwinge. Die Dinge mindern ihre Körper-Temperatur, schon leidet sie am ganzen Leib an Unterkühlung. »Mich friert's sogar an meinem Schatten.«

Für den Vorgang, daß man unterwegs von einem Unbekannten leicht gestreift wird, bis zu dem Moment, da man selbst einen Unbekannten leicht gestreift hat, fehlt noch der Roman.

Vor seinem Haus sitzen und es immer schon gewußt haben.

Irgendwann in der Zeit haben Menschen eine neue Art der Berührung entdeckt: den Kuß – den Adam und Eva sich nie gaben.

Kaum je fällt die Bosheit mit der Tür ins Haus. Sie schleicht sich ein, ein Duft, der schmeichelt und gefällt. Unmerklich bereitet sie ihre Besitznahme vor, behutsam schwächt sie die Obacht ihres Opfers. Die Bosheit: immer feiner, immer schwebender, immer gehauchter und – wie jetzt alles auf der Welt! – wie eine Täuschung. Aber kann denn Bosheit ein fake sein?

Alles ist Sport auf Erden. Strenge ist eine Übung wie Tollheit eine Übung ist. Männlich- oder Weiblich-Sein verdankt sich jeweils tüchtiger Übung. Allenthalben sind auf dem Gelände des Lebens Hindernisläufe vorbereitet, auf daß man sich ertüchtige – um überhaupt etwas vom Dasein zu spüren. Man trainiert ohne ein anderes Ziel, als trainiert zu sein.

Sie erfreut sich ihrer ungebrochenen Rückenkraft: auf dem Rücken unter dem Himmel, auf dem Rücken unter den Decken-Fresken, auf dem Rücken unter dem Geliebten. Mit dem Rücken Erdhaftung. Bedeck mich jetzt mit dir und später einmal deck mich für immer zu.

Fünf

Sich verlieren, an das Licht im Herbst, an den kugelrunden Eulen-Blick, an das Geräusch des Bachlaufs – sich verlieren, das ist ohne Ansinnen, ohne Urteil sein. Sich verlieren, wie ein Duft vom Handrücken weicht.

Ich bin doch da. Ich bin doch bei dir, sagt das treue Buch jedem, der sich auf einen unbekannten Weg begibt.

Ist auch der Mund der Wiese übervoll, ist der Teich ein Auge im Gehölz wie keines, bleibt doch ihr Sagen wie verbannt, verschlossen in Geräuschen.

Im Rauschen und im Scheinen
Im Baum, im Sonnengras
Hör ich die Worte weinen,
Die der Mensch vergaß.

Des Erloschenen zartes Nachscheinen. Die Aura der *vollendeten* Person.

Keine Haltung, die nicht als Haltung sich erübrigte. Das Falsche liegt so nahe.

Wie? Das kann doch nicht alles gewesen sein vom heutigen Licht? Erschöpft sinkt der Tag ihm in die Arme.

Wie er nun sieht, daß es ihr nichts bedeutet, nackt vor ihm zu stehen, daß sie weder posiert noch sich ziert, ja daß es ihr nichts bedeutet, welchen Anblick sie *ihm* bietet, da bedeutet's auch ihm nichts.

Bewußtsein – stets in Eile, meist sogar voreilig.

In der Erzählung werden überwiegend Vorgänge geschildert, kaum je das Stehende und Ständige.

Zur Mythologie des Sätzemachers gehören: drei nie aufblickende alte Frauen, Weberinnen, *anus textrices.*

Den Mutterkasten, Schamschatulle zwischen den Beinen, *Cista,* zum Aufbewahren des Phallos.

(Woher hast du das? Du wirst lachen: Bachofen!)

Den Einsiedler besuchen vornehmlich Leute, die mit scheinheiliger Verachtung aus der Welt der Leute berichten.

Ein Klausner, der Enge und immer Engeres für sich beansprucht, der eine ihn von der erstickend weiten Welt befreiende Enge sucht.

Er fragt sich zu Beginn jeder Stunde: Wird sie schon unerträglich sein?

Und findet nach Ablauf der Stunde: Nein, unerträglich war sie eigentlich nicht.

Sie und das stete Verlangen, ihr liebendes, ihr loderndes Ja zur Welt ihm einzubrennen wie einem Hengst sein Kennzeichen.

Gern versteckt er sich als Schwarzgänger in öffentlichen Demonstrationen mit beliebiger Zielsetzung. In Jeans und Sneakern geht er mit und möchte gerne protestieren, nur um seine Isolierhaut besser zu spüren. Denn dies gelingt nur in der Menge beim Marsch in gleiche Richtung.

So redet er noch immer wie ein Angesprochener. Alles, was er von sich gibt, gehört zur ausschweifenden Antwort auf eine Frage, die im Vorübergehen eine kluge Frau ihm stellte.

Weil nie der Unerwartete erschien und sein Gesicht über das ihre hielt, verblieb sie zeitlebens in einer Zone von Minderlicht.

Sein wirksamster Fitmacher war von kleinauf der Selbstbetrug.

Sechs

Je älter sie wird, um so neugieriger inspiziert sie das Ausgrabungsfeld ihres dreißigsten Geburtstags: Sieh nur! Welch kunstvollen Fragmente glücklicher Aussichten!

»Nichts als Wunde war er.« Nämlich Marsyas, dem Apoll die Haut abzog. »Warum ziehst du mich ab von mir selber?« Ovid ›Metamorphosen‹ 6, 385. Dasselbe fragt jede Kopfweide den Baummörder Biber, der ihr die Rinde abnagt.

Das Unbewußte, beim Gnostiker Valentinus der *bythos* (die ursprüngliche Tiefe, der Abgrund in jedem), bleibt nicht unbeschädigt. Immer mehr wurde an den Tag gebracht, und gleichzeitig schwindet die uns steuernde Kraft des Unerkannten. Das Versenkte wird gehievt, geöffnet und erörtert, fehlgedeutet und bezweifelt, dann wieder schlecht verschlossen abgesenkt.

Krypta unter dem Tag, Schädelgewölbe, darin noch ungedachte Gedanken wie Lose in der kreisenden Tombola umgewälzt werden.

Man sieht sich etwas zurecht. Es gibt nur ersonnenes Sehen.

Licht, Wunde des Lichts.

Zu zweit genügt nicht, es müssen Unentzweibare sein, die auf Kythera den Tumult der Begierden überstehen.

Ihre Zeit war schon abgelaufen, als beide ein wenig säumten und nicht abrupt auseinandergingen. Vielleicht, daß sie erst in diesem Nachhinein sich fanden, indem sie beieinander stehenblieben, über ihre Zeit hinaus.

Kinderstube und Todesstube schließen ineinander nach einem kurzen Verständigungsgeflüster, das du eben noch mitbekommst.

Barlach, Sintflut: »Ich höre, wie es klingt, ich höre, wie es schwingt, das Ende wiegt den Anfang in den Armen.«

Stell dir vor, lachte der Anachronist, ich bekäme Rückfütterung aus meiner Zeit! Ich müßte es für einen Giftanschlag halten.

Schließlich wirst du flechtend verflochten Teil des einen Großen Geflechts. Unabtrennbar. Leere Augen, ein leeres Gesicht, auf dem, wie von fern herbeigeweht, das Lächeln eines freundlichen Mannes sich niederläßt.

Handeln, Reisen, Zeugen, Kaufen, Wählen etc. gehen mit der Zeit – Kunst widersteht ihr. Sie *muß* etwas dagegensetzen, sonst wäre die Zeit nicht die Zeit.

Die innige Anlehnung, *gelassen stieg die Nacht ans Land/lehnt träumend an der Berge Wand ...* So betört von Sprache steht nur, wer sich anlehnt.

Der Leser flehte die Worte an, zusammenzubleiben und ihn nicht länger mit »befreiten« Buchstaben zu quälen: *s-a-h-u* für Haus.

O dies Sein-wie-nie-gewesen! Wie lange noch wie nie gewesen sein?

All das, was Götter konnten, kann jetzt der Schein. Nur alte Sprache, nur ihre anstößige Unangemessenheit, läßt hin und wieder einen Spieler aufhorchen und kurz in die Ferne lauschen.

Pystis und Erotesia, die erkundigenden Frauen. Wie hätte er sie nötig jetzt, um einmal wieder zu spüren, wie tief das Fragen ihn erschließe!

(πύστις Pystis *das Fragen, Nachforschen*; ἐρωτητικός Erotetikos *in Fragen erfahren*)

Wie sehr er ihre à parts vermisst! Der Frauen Beiseitesprechen, ohne den Ehrgeiz, vollständig gehört zu werden. Ihr Nebenbei, in dem sie nichts verkünden, nichts erstreben, sondern eher etwas von sich sein lassen. Inzwischen ist er überzeugt: Nur der Frauen à parts seien für ihn bestimmt gewesen. Nicht alle habe er mitbekommen!

Wie über Nacht der Schnee, Häufung von Stille, weiße Bläue, die ein warmer Morgenwind zerteilt, Reichtum, der zerrinnt wie der Schatz des Verschwenders, und was bleibt, ist nur ein krummes rosa Spielzeug auf einem Stein im trüben Schmelzwasser.

Tief ist der Brunnen der Vergangenheit, jedoch belastet mit Nitraten, Blei, Kolibakterien und Pestiziden. Und der Erzähler? Mit Zeitgeist ward er geschlagen wie Aias mit Wahn.

»Wir sind es uns einfach schuldig, unser Glück zu versuchen.« So ein Kosovare in einem Aufnahmelager, wohl wissend, daß ihm kein Asyl gewährt wird. Das Ausmaß des Elends, das solche Äußerung spüren läßt, beschämt unsere politischen Reglements. Wer möchte zu einem Verzweifelten sagen, er gehöre hier nicht hin?

Erloschenes Feuer, das nicht vergißt: Jede Flocke der grauen Asche weiß noch ein goldener Funke gewesen zu sein.

(Meine Verurteilung durch Buffon: er spricht dem geistigen Funken jeden Erkenntniswert ab, schlimmer noch: Funken blenden.)

Oft staunen wir, wie etwas Harmloses und Ungekonntes zu seiner Zeit derart aufblühen konnte, nur weil die Problemlage es erlaubte, ihr am sinnfälligsten mit Vorläufigkeiten zu entsprechen.

Es muß etwas geben jenseits von Irrationalismus und Intelligenz – ein drittes Geschlecht des Geistes, die Luziden. Aufklärung brachte nicht genug Licht.

Wer die Welt mit offenen Augen ansieht, richtet gern über die unselig Verblendeten. Vom Mysterium, das sich nur dem verschlossenen Auge und Mund mitteilt, ahnt er wohl nichts.

Es ist die *blinde* Zuversicht, die uns bleiben und schauen läßt – wo die Einsicht uns längst in *blinde* Raserei gestürzt hätte.

Der große Mystiker Suso/Seuse bettete sich zur Nacht auf eine alte Tür.

Taten der Türen. Kaum zu nennen, was alles eine Tür ist: Durchgang von Raum zu Raum, durchdrungene Wand, auffliegender Verschluß, gestürmte Klause, der Schrecken, das Jähe selbst. Oder ein langsames Sichöffnen so zart wie einer Liebsten Augenaufschlag. Dem Vielbedeuten sich zu entziehen, gibt es nur eins: die Tür sofort aus den Angeln heben und sich auf sie zur Ruhe legen.

Norea, die Feurige, Tochter von Adam und Eva, blies in die Arche hinein und verbrannte sie. Noah baute eine zweite.

»Die Zeit der Gedanken ist vorbei«, heißt es in Kierkegaards ›Geheimen Papieren‹.

Die Zeit von was nicht alles ist vorbei. Auch die Zeit der Zeit wird eines Tages vorbei sein.

Sieben

Gut eine Meile stromaufwärts des Wasserfalls scheint das sanft strömende Wasser den kommenden Absturz bereits zu ahnen: Es wird unruhig, es sucht mit Wirbeln, Schleifen, Strudeln sich zu sträuben und aufzuhalten (vgl. Gleick, James: Chaos – die Ordnung des Universums).

Dieser Mißbrauch von Überwachung, den unser Bewußtsein betreibt und dem wir schutzlos ausgeliefert sind … Ich schleiche, krieche, tänzle, verkleide mich, in der Hoffnung, daß mein Bewußtsein mich nicht erkennt.

Ich versetze mich immer tiefer in dich hinein, sagt die Frau an der Seite eines Narren. Riß der Kette, die sie um den Hals trägt, so daß die gemeinsamen Tage, als Perlen gereiht, aufs Pflaster klickern.

Die Berge leugnen, daß ich sie rief. Mir allein verweigern sie das Echo! Sie lassen mich stehen, umweht und durchpfiffen, wie einen klapprigen Wetterhahn.

Das Schiff legt ab, la nave va, von der Kaimauer alles Erzählten. Des hochkarätig und erschöpfend Erzählten. Und ich stand aufrecht am Bug im Wind der Abfahrt und spürte die Scham: so liedlos davonzuziehen.

Die große Literatur! Die Werke selbst besitzen geheime Tastorgane, die wie Finger über Lippen und Wangen des Lesers streichen, zärtliche Überprüfer von Profil und Sinnlichkeit.

Du hörst dem Bergfink zu? Man belauscht nicht fremder Wesen intime Verständigung.

Das *gewisse Etwas* einer Frau, das wohl niemand mehr vermißt, weil er nicht ahnt, was das mal war.

Wir werden es Ihnen zeitnah mitteilen (statt rechtzeitig) – es klingt, als ob etwas sich aus der Zeitlosigkeit der Zeit annähere.

Wie wenn –

Wie wenn was?

Wie wenn am Feiertage, das Feld zu sehn, / Ein Landmann geht.

Alles gehört. Meine Zeit bei ihrem Selbstgespräch belauscht.

Das Mundwerk der Epochen, von einer zur nächsten, die Kolportage.

Mehr braucht nicht gesagt zu werden.

Variationen eines gründlich letzten Satzes fanden sich reichlich in seinem späten Werk. *Das war's dann im Grunde.* Die Buchführung über das Sagenswerte glaubte er glücklich abgeschlossen zu haben.

Eines Menschen Antlitz (wörtlich *das Entgegenblickende*) ist unendlich. Man kann das Unendlitz nur mit dem Auflegen einer Maske behindern.

Ich bin erst ich selbst, wenn ich andern die Fremdeste bin, sagt die Spitzhaubenträgerin, die Frau mit Hennin und Flinder.

Vom Tod wollen die meisten lieber heimgesucht werden; kaum jemand geht ihm unter der Sonne entgegen.

Wenn aber jeder seines Glückes Schmied, so wird er doch unter Mittag aufhören mit Hämmern und Brennen. Aus der offenen Stellmacherei fliegen die weißen Tauben ans Licht. Manche fallen zu Boden, schwer wie aus Porzellan, betäubt von Glut und Rauch eines nicht schmiedbaren Glücks.

»Nichts langweilt mich«, klagt der Verrückte. Er kennt nur Aufregendes.

Hoffnungsträger und Vordenker, wahrscheinlich handelt es sich beide Male um einen lucus a non lucendo. Der Hoffnungsträger heißt Hoffnungsträger, denn er trägt die Hoffnung davon. Der Vordenker heißt Vordenker, denn er befindet sich in einem Zustand, der vor dem Denken herrscht.

Du kannst mehr sehen. Du siehst nicht genug. Ein Leben lang läßt sich das Sehen steigern, während die übrigen Kräfte nur abnehmen.

Nur was wir gründlich sehen, vermittelt uns die Anwesenheit von Unsichtbarem. Anaxagoras: Die Phänomene geben Sicht auf das Verborgene.

Verhaltene Freude, verhaltener Haß, verhaltene Eitelkeit. Verhaltenes überhaupt und nur noch Verhaltenes.

Das Behutsame erhofft vom Gewaltsamen, daß es einzig zu seinem Frommen geschehe. Denn das Behutsame will, daß am Ende allein das Behutsame herrsche. Um das zu erreichen, begrüßt es sogar die zeitweilige Gewalt und Zwingherrschaft, die in seinem Namen, dem Namen des Behutsamen, blutige *Reinigungs*prozesse durchführen.

Es packt ihn mitunter die wölfische Anwandlung, vom Land in die Stadt zu schnüren, um mit den Wölfen zu heulen dort.

Das Talent der Geschicklichkeit betrifft die Hände und das Wissen – der Kunst dient es nicht.

Die Immerwiederkehrende, die im Fluß seiner Gedanken ein kurzes Bad nimmt. Ihr nämlich gelingt es, entgegen Heraklit immer an derselben Stelle einzutauchen. Denn der Fluß der Gedanken bewegt sich nicht von der Quelle zur Mündung.

Nicht gleich es Alter nennen, wenn lediglich die *longitudo* erwacht, die Länge der Nacht zunimmt, die Länge der Liebeserklärung, die Länge der Blicke voller Verwunderung.

Es ist niemandem zuzumuten, sich mit dem schlechten Leumund des Worts »Alter« abzufinden. Man sollte versuchsweise vom vorgerückten Außenposten sprechen. Auch Eliots »Old men ought to be explorers«, alte Männer sollten Erkunder sein, ist ein Wegpfeil.

Er wollte ungeschützt in der Offenheit stehen, mehr Sein empfangen als jemals zuvor, eine Auffangstation, eine Wache wollte er sein. Jemand, dem zufliegt, was an anderen vorbeiflog und sie nicht auffingen.

Menschen aber, die sich selbst auf die hohe Kante legen, geizend mit Irrtümern und Fehlern … Wofür sparen sie die?

Fremde Sprachen zu sprechen, so Nietzsche, das ist »die Axt, welche dem feineren Sprachgefühl innerhalb der Muttersprache an die Wurzel gelegt wird«. Griechen und Franzosen, die größten Stilisten der Literatur, lernten keine anderen Sprachen. (Menschliches, Allzumenschliches)

Meine Sätze bieten Asyl dem vielsagenden Deutsch.

Die Nacht ist Untergang, unheilvoll, blutbesudelt, todesschwanger, *funeste*, ein Verhängnis. Wenn es heißt: Dich hat wohl die Drude gedrückt! – dann ist der nächtliche Alb, der auf die Brust drückt, die Finsternis an sich. Der Einbruch der Finsternis, vor der keine Glocke warnt.

Zwei Riesenschildkröten, beide über hundertzehn Jahre alte, Partner seit achtzig Jahren, fangen an, sich zu beißen. Offenbar wegen des hohen Alters erkennen sie einander nicht mehr.

Es war dieses »Ich breche hier ab«, das wir so viele Male von ihm gehört hatten, wenn er in die Anstrengung oder die Ekstase geriet. Wie hätten wir ahnen können, daß es tatsächlich seine letzten Worte sein würden?! »Ich breche hier ab«, sagte er und schloß die Augen.

Die Unkenntnis vom Tod beim Tier entspricht unserer vom Sinn des Lebens. Erst im letzten Erschrecken erfährt das Tier vom nie geahnten Tod.

Acht

Da kann man sich ein noch so neues Haus bauen – man wird auch darin wieder zwischen zwei Stühlen sitzen.

Sono stufo di tutto, Ausspruch von Paul Valérys Großmutter, *ich habe alles satt.* Im Alter starb man früher lebenssatt.

»Ich verknüpfe hier nur viele Enden.«

Er, der mit kleinem Namen Benannte, mußte innen als rastloser Binder und Einer wirken; es führten in seiner Seele ein Dutzend Nähterinnen die Nadel auf und ab.

Pauci electi – viele sind berufen, doch nur wenige auserwählt. Der Aristokratismus im christlichen Erlösungsglauben.

Wie der siebzehnjährige Karl V. einen Schild trug, auf dem »Nondum« stand, Noch nicht (bin ich Kaiser), so tritt aus jedem Blatt des jungen Autors als Wasserzeichen dasselbe Wort: Nondum (scripsi quod mihi scribere licet). Noch habe ich nicht geschrieben, was mir zu schreiben möglich ist.

Da turnen die Vögel und hasten zwischen den Ästen und Sträuchern, als entzöge sich ihnen morgen der Raum, als verschlössen sich Baum und Wiese mit dicken Eiskrusten.

Die Schichten oberhalb des Grabs heißen: Bewußtsein Leben Sprache Schweigen Schauen – so wie Troposphäre Stratosphäre Mesosphäre Thermosphäre Exosphäre die Schichten der Erdatmosphäre bilden. Irgendwo in der unteren Schicht, kurz bevor die Gravitation des Grabs einsetzt, befindet sich die Station, umzusteigen in den Jenseitsspänner.

Alles, was ich liebe, liegt vor dem Zeitalter des homo arachnensis (ἀράχνη die Spinne) – bevor Arachne, die Netzgewaltige, aller Menschen Gedanken miteinander verspann.

Niedersitzen, das Angesicht zwischen den Knien, und zur Erde alte Lieder singen. Elia »bückte sich und tat sein Haupt zwischen seine Knie (1. Buch der Könige, 18, 42).

Ich wollte nur der Wehmut leise sagen, daß sie nicht ganz vergessen ist auf dieser Welt. Für Scheitern, Schrecken, Trauer und Verzweiflung findet sich immer ein starkes Wort … aber sie, die schöne Unscheinbare, entbehrt bis heute den ihr angemessenen Ton.

Jemand, der über Kunst und Welt dasselbe redet, das er vor Beginn des Digitaliums über Kunst und Welt geredet hat.

Das Licht verdorrt und wird zu Stroh.

Alter Wein in neuen Schläuchen ionisiert das Getränk, benimmt ihm den aromatischen Zusammenhalt. Alter Geist in neuen Netzen ionisiert diesen bis zur völligen Selbstauflösung.

Aber das Licht eingeheimst ... Im Verborgenen hütet einer das Licht, wie dieses den Verborgenen hütet. Keiner ist weniger zuhaus, nicht Schein noch Umschienener.

»Wer jetzt nicht den Atem anhält, Krieg, bekommt nie wieder Luft.«

Die Lesende, die Rechnende, die Kartenlegende sitzt bei frühem Sonnenschein allein am langen Tisch. »Ach, ach, ach! Hör nur! Der Krieg! Gar so schlimm wird's nicht werden. Krieg! Muß auch mal sein.«

Das Universum erinnert sich unablässig der Ureinheit aller Dinge. Nur wir nicht, die Geschichtlichen.

Neun

Ich kenne diesen Menschen nicht; ich weiß nur, wovon er spricht. Nicht was er verschweigt. Ich weiß nicht, woran er sich erinnert. Was weiß ich von einem Menschen, wenn ich nicht weiß, von welchen Erinnerungen er zehrt?

Auch die Liebe zum einzig geliebten Menschen besteht aus tausend marktgängigen Regungen, die ins Einzigartige sich einlagern wie Grieß in die Niere.

Bereit, jeden zuerst zu erblicken, der ihn erblicken könnte. Dies seine Lauer, seine einzige Obacht: ungesehen den anderen sehen.

Warum strahlt in ihrem Auge verlockende Ferne, ihre Zunge aber schlägt hiesiger als die Hiesigen? Mag sein, weil wir aus Fernem und Nahem, Frühem und Spätem so ungefüge zusammengesetzt sind.

Distanz, Diskretion, Distinktion: Dis, Dis und nochmal Dis. Das Präfix der Zurückhaltung.

Umfahrung vielzackiger Kleckse, ja. Nicht aber Bekenntnis zu einer Linie. Häuslichkeit ja, aber keine Anfälle von Orientierungswahn. Umständliche Memoranden zu Momenten, ja, aber bloß keine Momentaufnahmen.

Das Vorausvernommene bleibt inzwischen unbeachtet, ungedeutet. Die Religiösen verstehen sich aufs Deuten. Die Ungläubigen brauchen Klartext.

Oder lachen sie allesamt, von göttlichem Leichtsinn erfüllt, divina levitate? Von himmlischer Heiterkeit bis in die Grundfesten erschüttert.

Das erste Mal nackt vor einem fremden Mann, trägt sie eine Augenklappe vor ihrem Geschlecht.

Nacktheit, die ihren Namen verdient, wird stets aus Versehen erblickt.

Die Menschen haben jahrhundertelang mit rauchenden Köpfen auf der Erde gesessen und die Atmosphäre verpestet.

Einmal nur eine Fingerspitze, die nicht zeigt, sondern Untragbares balanciert.

Geh und such dir eine Frau, die den Geist eines Ahnen hütet.

Die sagt: Ich denke nichts als das Andenken.

Für mich wäre es das Schlimmste, aufs Schlimmste nicht gefaßt zu sein.

Vanessa atalanta, der »Admiral«, saß auf einer weißen Glockenblume. Er klappte die Flügel auf und zeigte die schwarzen Ecken mit den weißen Tupfern, davor ein Streifen in Orange. Unter den Schmetterlingen gilt er als Einzelgänger, sein Flug ist rasch und elegant, er gaukelt kaum und ist recht ungesellig.

Bald nun, wenn die Kirschblüten aufgehen und die Kugelrobinie austreibt, der zarte grüngelbe Besatz. Erst kommen die Maßliebchen, dann Bienenwirt Löwenzahn, den Gelbsein lehrt die frühe Narzisse. Doch der das alles sehen darf und sich zuordnet, der nicht Atem genug besitzt, um zu loben und zu begrüßen, zu verklären und immer noch eins draufzusatteln, ist ein Schwärmgeist in beständiger Furcht vor der jähen Ernüchterung. Sein Schwärmen ist also sein Schutz, ist sein Harnisch gegen den Dolchstoß eines plötzlich eiskalten Anblicks der Dinge.

Ist das noch ein Strahlen von Gleichgültigkeit? Unbarmherzig zuweilen ist ihre Schönheit, deren Widerschein er verherrlicht in seiner Freude, zutiefst gerührt vom gnädigen Du, das schließlich ihm anbietet die mächtige Sonne.

Schluß

Das kleine Marmorrelief auf dem Schreibtisch, Mitbringsel des Sohns von einer Reise nach Rhodos, zeigt den uralten Dramatiker vor gefallenem Vorhang. Er sitzt auf seinem Olympier-Stuhl, der eine schöne Schneckenwindung in der Armlehne hat.

So saß auch er mal und sah der Probe zu einem seiner Stücke zu. So sitzt er noch und wird alle Zeit rätseln, was heute wohl der gefallene Vorhang an Schönem, Verheißungsvollem und Unerklärlichem verbirgt.

Er sollte auch gestehen, weshalb ihn nichts mehr drängt, sich vorzudrängen oder etwa ein blaues Anti-Theater der Phantasien und Erinnerungen zu entwerfen, wie er's zu Anfang so schön erlebte und ihm anhing, Fassbinders erste Bühne in München. Ihm unvergeßlich eine Aufführung dort von ›Krankheit der Jugend‹, Regie Jean Marie Straub, der die Dramaturgie des Bruckner-Stücks zu Auf- und Abtritten verkürzte, Tür auf, Tür zu, was ist schon Handlung? Grundgeschehen der Existenz ist Auftritt und Abtritt.

Der verwirrte alte Dramatiker, der noch einmal ins Theater schleicht, morgens vor der Probe sich im Parkett verbirgt, hintere Reihe, um die besondere Atmosphäre vor der Probe zu inhalieren. Requisiteur und Inspizient erzählen sich was, Assistent blickt ins Rollenbuch, Kostümbildnerin sortiert Entwürfe, Bühnenarbeiter richten die Probendekoration auf, Beleuchter rufen von der Galerie. Dieser nicht definierbare Raum, Zeitraum der Unordnung vor der Probe – der alte Mann schließt die Augen. Die vielen Male, die er im Zuschauerraum alleine saß, bevor die Probe zu einem neuen Stück von ihm begann. Schließlich wird er bemerkt, der Assistent macht da jemanden im Dunkeln aus, ein Unbefugter im Parkett, er geht zu ihm, der Alte wird sanft, aber nachdrücklich hinausgebeten.